W0201126

La messe n'est pas dite

DU MÊME AUTEUR

Essais :

Balladur, immobile à grands pas, Grasset, 1995.
Le Coup d'État des juges, Grasset, 1997.
Le Livre noir de la droite, Grasset, 1998.
Les Rats de garde, avec Patrick Poivre d'Arvor, Stock, 2000 ; Livre de Poche, 2000.
L'Homme qui ne s'aimait pas, Balland, 2002 ; Livre de Poche, 2002.
Le Premier sexe, Denoël, 2006 ; J'ai lu, 2009.
Mélancolie française, Fayard/Denoël, 2010 ; Livre de Poche, 2010.
Z comme Zemmour, Cherche midi, 2011.
Le Bûcher des vaniteux, Albin Michel, 2012 ; J'ai lu, 2014.
Le Bûcher des vaniteux 2, Albin Michel, 2013 ; J'ai lu, 2014.
Le Suicide français, Albin Michel, 2014.
Un quinquennat pour rien, Albin Michel, 2016.
Destin français, Albin Michel, 2018.
La France n'a pas dit son dernier mot, Rubempré, 2021.
Je n'ai pas dit mon dernier mot, Rubempré, 2023.

Romans :

Le Dandy rouge, Plon, 1999.
L'Autre, Denoël, 2004.
Petit frère, Denoël, 2008 ; J'ai lu, 2009.

Éric Zemmour

La messe n'est pas dite

Pour un sursaut judéo-chrétien

Collection Pensée libre

Fayard

Collection dirigée par Sonia Mabrouk

Une partie de ce texte a été publiée sous forme d'article dans la revue américaine *First things.*

ISBN : 978-2-213-73422-4
Dépôt légal : octobre 2025

Je ne suis pas catholique ni même chrétien. J'ai été élevé dans la tradition juive de mes ancêtres. Mon enfance fut rythmée par l'alternance du shabbat et des fêtes, les chants à la mélopée tout orientale qui s'élevaient vers les vitraux sans visage de la synagogue, tous ces rituels que j'associais aux plats exquis et aux gâteaux délicieux que ma mère confectionnait avec un savoir-faire admiré de tous : ma nombreuse et bruyante parentèle qui s'agglutinait à la table familiale et mes petits camarades de classe qui se jetaient voracement sur les pâtisseries aux noms exotiques que je leur distribuais avec parcimonie.

Je n'avais de contact avec le catholicisme que de fort loin, à travers les façades ciselées des églises gothiques montant fièrement vers le ciel, que je pouvais admirer dans les rues de Paris ou des banlieues où mes parents habitaient, les quelques prêtres en soutane qui marchaient toujours, pour une raison que j'ignorais, d'un pas pressé, et les bonnes sœurs, yeux baissés et sourire bienveillant. De mes fenêtres, je voyais souvent passer des jeunes filles vêtues d'une aube blanche, qui se rendaient en cohorte joyeuse vers l'église pour leur communion. Je n'étais nullement dépaysé. À l'âge de 13 ans, moi aussi, j'accomplirai à peu près le même rite que ces enfants catholiques : à l'époque, nos bar-mitsvah étaient célébrées par nos parents sous le nom de « communion » et de « majorité religieuse ».

Je m'approcherai du catholicisme, comme je m'étais approché de la France, et comme, je crois, je me suis approché de toute chose, ou presque, en ce bas monde, depuis que je sais lire : par la littérature. Vers l'âge de 13 ans, je découvris Blaise Pascal. À l'époque, en classe de 4e, nous étudiions deux de ses textes les plus célèbres, qui trônaient dans l'édition du

Lagarde et Michard consacré au XVIIe siècle : d'une part celui sur « l'esprit de finesse et l'esprit de géométrie » et, d'autre part, celui sur la « vérité au-deçà des Pyrénées, erreur au-delà ».

Je fus enthousiasmé, ébloui même : la limpidité du style alliée à la fermeté de la pensée, tout m'emballait, me transportait, m'émouvait. Je demandai à ma mère de m'acheter le recueil des *Pensées* de Pascal. Elle ne se faisait jamais prier pour ce genre de requête et s'empressa d'acquérir une belle édition à la couverture en carton gris et or – ma mère qui était fort près de ses sous pour ses dépenses quotidiennes, souvenir sans doute de la pauvreté qu'elle avait connue en Algérie, ne m'a jamais offert un livre de poche –, édition que j'ai conservée jusqu'à ce jour et que je relis régulièrement avec une délectation mâtinée d'une invincible mélancolie.

Après *Les Trois Mousquetaires* et *Vingt Ans après*, *Illusions perdues* et *Splendeurs et misères des courtisanes*, j'étais à l'âge où ma bibliothèque personnelle ne se limitait plus aux ouvrages de la Bibliothèque verte : je grandissais.

Mais Pascal avait de rudes adversaires : tous les auteurs de ce XVIIIe iconoclaste et libertin qui l'attaquaient, le brocardaient, le dénonçaient. Le pauvre ne pouvait même pas se défendre et je sentais bien que l'école avait choisi son camp : ce n'était pas celui de Pascal. Voltaire, surtout, se révélait d'une redoutable efficacité dans son combat pour « écraser l'Infâme », ainsi qu'il qualifiait le catholicisme. Il disposait d'une arme absolue : le rire ; et le garnement insolent que j'étais ne savait pas y résister. Apparemment, je n'avais pas été le seul. Voltaire

> eut l'art funeste, chez un peuple capricieux et aimable, de rendre l'incrédulité à la mode... Des femmes de la société, de graves philosophes avaient leur chaire d'incrédulité. Enfin, il fut reconnu que le christianisme n'était qu'un système barbare dont la chute ne pouvait arriver trop tôt pour la liberté des hommes, le progrès des Lumières, les douceurs de la vie, l'élégance des arts[1].

Je saurai m'en souvenir : en France, il faut toujours mettre les rieurs de son côté.

1. François René de Chateaubriand, *Génie du christianisme*, Hachette / BNF, 2016, partie I, livre I, chapitre 1.

Je ne valais pas mieux que ces Français du XVIIIe siècle. J'avais l'âge des révoltes adolescentes où on s'oppose à tout, à son père surtout, où on bazarde tous les héritages et toutes les traditions ; j'étais un adolescent des années 1970, et l'époque me marquait au fer rouge ; elle jetait par-dessus bord les dieux et les soutiens-gorge. Napoléon a raison quand il dit : « Pour comprendre un homme, regardez le monde tel qu'il était quand il avait 20 ans ».

J'ai eu 20 ans en 1978. Je mettais dans le même sac d'opprobre, et les traditions juives, que je connaissais trop, et le catholicisme, que je ne connaissais guère : j'avais inventé, avant même de lire Ernest Renan, mon propre « judéo-christianisme ». Je recrachais sans originalité mes lectures scolaires et oscillais entre le « dieu horloger » de Voltaire et « l'opium du peuple » de Marx. Je ferraillais avec mon père sur Dieu, la foi, la morale, le salut après la mort, les relations entre judaïsme et catholicisme. Je me souviens qu'à l'époque l'islam n'était pas un sujet. Mon père s'en tenait à une stricte ligne de défense qui bloquait tous mes assauts : Dieu a donné les Dix commandements et la Torah aux Juifs, et Jésus est un des plus grands prophètes juifs. En cela même, il était bien le « fils de Dieu », car « nous sommes tous des fils de Dieu ».

Ces joutes ne menaient à rien ou plutôt menaient à tout : elles affûtaient mon cerveau et l'éduquaient aux controverses ; c'était aussi sans doute la manière la plus pudique que nous avions trouvée, mon père et moi, de nous dire, avec la réserve qui sied aux hommes de ma famille, que nous nous aimions. Mon père était de ces Juifs séfarades qui n'avaient pas le même regard sur l'univers catholique que nos coreligionnaires ashkénazes. Il n'ignorait rien de l'antijudaïsme chrétien, de l'hostilité millénaire au « peuple déicide », jusqu'à l'antisémitisme moderne, et sa version maurrassienne et vichyste. Il m'avait appris qu'Édouard Drumont et Max Régis, deux antisémites notoires, furent élus députés par le petit peuple pied-noir d'Alger, qui n'avait pas apprécié que le décret Crémieux élevât au rang de citoyens français ces Juifs pouilleux qui sortaient à peine du Mellah. Mais ses souvenirs n'étaient pas hémiplégiques. Il connaissait aussi, et intimement, l'antijudaïsme à la fois diffus et banalisé qui régnait au sein de cet univers arabo-musulman au milieu duquel nos ancêtres avaient vécu pendant des siècles. Mon père couvrira d'invectives et de sarcasmes le mouvement antiraciste des années 1980, conduit par de nombreux Juifs de gauche issus du trotskisme, leur naïveté et leur ignorance du monde musulman et du Coran. Au contraire de ces gauchistes, pour la plupart ashkénazes, qu'il maudissait – sans que je sache très bien s'il incriminait davantage leur idéologie ou leurs origines –, il parlait et comprenait très bien la langue arabe, en récitait par cœur les sourates et les proverbes, et passait de nombreuses nuits, avec son père, une bouteille de whisky qu'ils se passaient de main en main, à écouter cette musique orientale dont ils connaissaient la moindre note, jouée de main de maître par le violon de Sylvain, le père d'Enrico Macias.

Ma mère, quant à elle, n'avait jamais oublié ni pardonné le coup de couteau que son père, officier de l'armée française, avait reçu lors des émeutes de Sétif, sa ville natale. Elle était l'incarnation accomplie de ces Juifs d'Algérie qui aimaient la France d'une passion immodérée, depuis ce jour de 1830 où les troupes françaises étaient entrées à Alger sous les vivats d'une foule juive qui les regardait avec les yeux de Chimène qu'on a pour une armée de libération. À un chauffeur de taxi qui lui demandait avec insistance si elle était juive, ma mère répondit un jour avec aplomb : « Non, monsieur, je suis israélite. » Elle voulait, de cette formule à l'emporte-pièce, lui signifier qu'elle s'inscrivait délibérément dans cette lignée de Français de confession juive au patriotisme incandescent, dont la devise était « Français dans la rue et Juif à la maison ». Elle n'avait pas de goût pour les grands mots, encore moins pour les grandes idées, et préférait les actes aux théories, les preuves d'amour aux déclarations. Elle nous sommait d'ôter nos « calottes » de la tête dès que nous sortions de la synagogue. Elle avait parfaitement compris et assimilé, sans avoir besoin de le théoriser, l'esprit même de la laïcité à la française, ce « devoir de discrétion » dont devait parler des décennies plus tard, et dans un tout autre contexte, Jean-Pierre Chevènement.

Blaise Pascal tiendrait sa revanche. Je reprendrai bien des années plus tard, en sa compagnie, mon initiation au catholicisme où je l'avais laissée. Je renouai un jour avec notre

« effrayant génie » (Chateaubriand) en parcourant un livre de portraits des plus grands écrivains français. Il était écrit d'une plume dont l'élégance concise, si française, m'évoquait justement le style étincelant de l'auteur des *Pensées*. L'admiration sans bornes de cet André Suarès, que je découvrais alors, pour Pascal me fit comprendre mieux que personne l'âme profonde de la France : « Les Français, qu'ils aillent ou non à l'église, ont les Évangiles dans le sang. » Je n'oublierai jamais la leçon.

Je poursuivais mes lectures. Je plongeai dans Racine, Chateaubriand, Joseph de Maistre. Plus tard encore, je m'immergerai dans l'*Histoire des origines du christianisme*[1] d'Ernest Renan. Ce dernier devint un de mes maîtres à penser avec Taine. Le conservatisme français de la fin du XIXe siècle remodelait ma façon de voir les choses, mon regard sur l'histoire de la France, de son peuple, sa grandeur et son déclin.

Profitant par ailleurs, dans ma jeunesse, des premiers avions charters, au coût modique,

1. Ernest Renan, *Histoire des origines du christianisme*, Bouquins, 2012, tome I.

j'étais tombé amoureux de Rome, ses ruelles étroites et ses églises innombrables. J'y allais et y revenais dès que je le pouvais. Je passais des heures dans ces églises ombragées dont la fraîcheur me protégeait de la chaleur accablante, à contempler des vitraux aux couleurs chatoyantes et des statues majestueuses. Un ami, à la même époque, me fit découvrir la musique sacrée, les requiems de Mozart ou de Fauré, les Stabat mater de Pergolèse ou de Vivaldi, les cantates de Bach ou les Ave Maria. Mon âme vibrait à l'unisson de ces merveilles qui me transportaient d'émotion. Aznavour, Brel, Brassens, Ferré et Ferrat, les Beatles et les Rolling Stones, que je chérissais depuis ma prime jeunesse, ne me suffisaient plus.

Mes articles, mes livres et mes controverses télévisées me vaudraient, bien des années plus tard, un public fidèle, où se retrouveraient de nombreux catholiques fervents. On croisait toujours, dans les réunions consacrées à mes ouvrages, un prêtre en soutane qui me bénissait. On m'offrait des médailles sacrées de la Vierge Marie pour me porter bonheur, et je songeais à ma grand-mère qui voulait toujours me protéger contre « le mauvais œil » : elle était bien secondée. On me remerciait avec chaleur : « Vous êtes le seul qui défendez la religion catholique à la télévision ; et vous n'êtes même pas catholique ! »

Après un séjour l'an dernier en Californie, j'eus la joie de rencontrer des professeurs, intellectuels, éditeurs, avec lesquels je sympathisai. Le directeur d'une revue, *First things*, me proposa d'écrire un article qui tenterait de répondre à la question suivante : « Comment sauver le catholicisme en Europe ? » J'acceptai avec empressement. Mais la rédaction de ce texte, forcément trop court, me laissa sur ma faim. Je voulais en écrire davantage. Je voulais me livrer davantage. Je voulais en savoir davantage sur moi-même, sur nous-mêmes, et sur l'avenir du catholicisme en France et en Europe.

À la même époque, je m'étais plongé dans la lecture au long cours des *Cahiers* de Maurice Barrès – hasard des lectures qui n'en est sans doute pas un – et je notai cette phrase que je pourrais aisément faire mienne : « Je rejoins et je défends le catholicisme menacé parce que je suis patriote, au nom de l'intérêt national... Arracher le catholicisme de notre terre, ce serait ébranler tout notre édifice national, toute notre civilisation. Entre le catholicisme et notre civilisation, on ne peut plus distinguer. »

Le pape Jean-Paul II avait dit un jour des Juifs qu'ils étaient les « frères aînés dans la foi » des catholiques. Je renvoie volontiers le compliment au très Saint-Père. Le christianisme est en France, le frère aîné de toutes les autres religions et même des incroyants. Le christianisme a fait la France. Dans sa célèbre *Histoire de la décadence et de la chute de l'Empire romain*, Edward Gibbon dit que « les évêques ont fait le royaume de France ». Ils « étaient les conseillers du roi en tous ses conseils »[1].

L'Église a fait les rois, qui ont fait la nation, qui a fait la République. La France sans le christianisme n'est plus la France. Et je veux continuer à vivre en France.

1. Edward Gibbon, *Histoire de la décadence et de la chute de l'Empire romain*, Hachette / BNF, 2012, tome VII, chapitre 38.

1.

L'Europe est mortelle

« La chrétienté a fait l'Europe. La chrétienté est morte. L'Europe va crever, quoi de plus simple. »

En trois phrases lapidaires, écrites – on a envie de dire trois phrases jetées, crachées, hurlées – dans son célèbre livre, *Les Grands Cimetières sous la lune*[1], l'écrivain français Georges Bernanos pose la question fondamentale, la question existentielle, de la mort de l'Europe. Conséquence inéluctable de la fin du christianisme sur le Vieux Continent.

La chronologie nous trouble. Bernanos écrit son pamphlet dans les années 1930, soit

1. Georges Bernanos, *Les Grands Cimetières sous la lune*, Castor Astral, 2008.

vingt ans avant ce concile de Vatican II, souvent donné comme la cause de la déchristianisation en France et en Europe, et il y a alors fort peu d'immigrés musulmans sur le continent européen. Bernanos annonce la mort de l'Europe, comme punition pour avoir abandonné le message évangélique ; mais dans toute l'Europe, y compris en France, les églises sont à l'époque encore pleines.

Près d'un siècle après pourtant, la prophétie acerbe de Bernanos nous semble empreinte d'un réalisme saisissant. La chrétienté ressemble à un grand corps malade, assaillie de toutes parts en Europe comme en Afrique, réprimée en Asie, au Moyen-Orient et dans le Maghreb. On ferme quasiment toutes les églises dans des pays musulmans comme l'Algérie ou le Pakistan, mais aussi dans les derniers régimes communistes, en Chine et en Corée du Nord. Les chrétiens sont les cibles privilégiées des viols et des massacres perpétrés par des djihadistes impitoyables au Nigeria, en Syrie, en Libye, en Irak, tandis que les musulmans convertis au christianisme doivent se terrer s'ils ne veulent pas être persécutés, voire égorgés, conformément à la doxa coranique, que ce soit en Algérie, au Mali, au Pakistan ou en Somalie.

Selon l'association évangélique Portes ouvertes, 360 millions de chrétiens dans le monde subiraient des discriminations et des persécutions, ce qui fait d'eux les victimes les plus nombreuses d'une guerre de Religion planétaire qui ne dit pas son nom.

Pourchassé partout, le christianisme devient peu à peu sur sa terre d'élection, en Europe, une religion minoritaire, où les églises vides apparaissent comme une proie tentante pour les mosquées pleines. Le pape François lui-même, au contraire de ses prédécesseurs Jean-Paul II et Benoît XVI, avait fait du dédain de l'Europe et de la complaisance pour l'immigration musulmane sa marque de fabrique. Comme s'il semblait se dire, et nous dire, à l'instar de Bernanos : l'Église survivra dans les siècles des siècles, mais son peuple de demain sera africain ou asiatique. Ce qui est européen étant essentiellement catholique, les valeurs européennes disparaîtront avec la disparition du catholicisme. L'Europe n'est plus chrétienne. Alors il n'y aura plus d'Europe telle que nous l'entendons depuis deux mille ans. L'Europe sera islamisée. Autant négocier d'ores et déjà la plus douce dhimmitude possible pour la minorité catholique qui subsistera dans le futur Califat européen...

2.

Foi et loi

Les noces historiques entre le christianisme et l'Europe n'avaient pas été inéluctables. Plusieurs siècles furent nécessaires pour que les empereurs romains finissent par abandonner leurs anciens dieux et adorent le « fils de Dieu ». Le christianisme fut d'abord une religion orientale, une fille du judaïsme qui avait du mal à couper le cordon ombilical avec sa mère. Il fallut des événements extraordinaires et imprévisibles – destruction du Temple de Jérusalem en 70 après J.-C., conversion de l'empereur romain Constantin au catholicisme en 313, chute de l'Empire romain d'Occident en 476 après J.-C., arrivée sur la rive sud de la Méditerranée de l'islam au VIIe siècle, avènement de l'Empire de Charlemagne en l'an 800 – pour que le christianisme s'identifiât à l'Europe et à l'Occident.

Alors, le christianisme prit le pouvoir. L'Europe devint chrétienne et le christianisme devint européen. Dans *Histoire des origines du christianisme*, Ernest Renan écrit :

> Les religions valent par les peuples qui les acceptent... Le christianisme a été la rupture avec le judaïsme, l'abrogation de la Torah... saint Bernard, François d'Assise, sainte Thérèse, François de Sales, Vincent de Paul, Fénelon, Channing ne sont en rien des Juifs. Le christianisme a été la donnée traditionnelle sur laquelle ils ont brodé leur poème ; mais le génie leur est bien propre... [...] Voici comment le christianisme, si notoirement juif d'origine, a pu devenir la religion nationale des races européennes, qui lui ont sacrifié leur ancienne mythologie.

Les relations avec le judaïsme ne vont jamais cesser de hanter le christianisme, comme une fille qui n'en a jamais fini de régler ses comptes avec une mère qu'elle ne peut s'empêcher d'admirer et de détester d'un même élan. On est dans Freud. On est dans René Girard aussi, et son univers du « désir mimétique » où l'on veut être ce qu'on admire, mais où on veut également abattre et détruire l'objet d'admiration.

La véritable différence et la source de tous les conflits résident dès l'avènement de Jésus, et plus encore avec le message de saint Paul, dans la révolution inouïe que portait le christianisme – révolution dont ne se doutaient pas, d'ailleurs, la plupart de ses premiers adeptes : la Loi n'importe guère, les œuvres n'importent guère, le salut ne vient que de Jésus, fils de Dieu, explique saint Paul dans l'Épître aux Romains.

La Foi qui prime sur la Loi fut ainsi la grande transgression, la grande révolution qui fit la gloire du christianisme, lui permit à la fois de se détacher du judaïsme et de conquérir les esprits romains qui aspiraient à une plus haute spiritualité qu'ils ne trouvaient guère dans les rituels du paganisme de leurs pères, mais dont beaucoup étaient rebutés par les contraintes pratiques de la Loi juive : circoncision, interdits alimentaires, etc.

Le judaïsme est la religion de la Loi, la Loi donnée par Dieu à Moïse sur le mont Sinaï. Loi sacrée, Loi qui s'adresse au peuple juif, Loi qui fut enrichie au fil des siècles par les docteurs de la Loi, devenus talmudistes, Loi qui dirige chaque moment de l'existence du Juif, Loi qui n'exige pas la foi pour être respectée.

Dans l'Israël ancien, lorsque le Temple trônait majestueusement à Jérusalem, les Juifs croyaient se dispenser de la rigueur de ses commandements par des sacrifices d'animaux apportés au Temple. On retrouvait là les très anciennes croyances de toutes les peuplades primitives qui espéraient séduire et satisfaire leurs dieux en leur faisant sentir le fumet capiteux de mets délicats. Depuis Abraham et le sacrifice de son fils Isaac, remplacé au dernier moment par un bélier, les Juifs avaient mis un terme symbolique à la longue histoire sanglante des peuples – y compris la leur peut-être – qui n'hésitaient pas à sacrifier des êtres humains, enfants ou vierges, à leurs dieux voraces. Mais la grande spécificité de l'histoire des Juifs est qu'il se trouva en leur sein des individus, qu'on appela prophètes, qui ne cessèrent de houspiller et d'insulter ce peuple, de ridiculiser ses sacrifices archaïques qui prenaient Dieu pour un sybarite, quand le Dieu d'Israël, lui, réclamait de ses « enfants » qu'ils devinssent meilleurs, plus justes, plus honnêtes, plus vertueux. Ces prophètes s'appelaient Jérémie, Daniel, Élie, etc.

Jésus de Nazareth se situe d'abord dans cette lignée prestigieuse de prophètes juifs. Cette chaîne historique et philosophique fonde ce que Renan a appelé le « judéo-christianisme ». Une évolution lente, mais inexorable, qui transforme un culte avant tout social et politique en une morale individuelle, le Dieu d'un peuple élu en un Dieu de l'humanité, une religion dont les rites extérieurs règlent la vie de la cité en une foi personnelle intérieure. Dans l'histoire tourmentée de l'ancien Israël, les prophètes avaient déjà eu maille à partir avec les rois, les prêtres et le peuple, qu'ils brocardaient et morigénaient au nom de Dieu. Il était inévitable que Jésus connût le même sort.

Mais si son histoire est identique à celle de ses glorieux prédécesseurs, sa géographie en est fort différente. Son message ne s'arrêta pas aux frontières du petit royaume d'Israël, il se répandit à travers les immensités de l'Empire romain. Les légions romaines, les routes, les ponts, les villes et la fameuse *pax romana* furent les outils majeurs de l'expansion de ce judéo-christianisme qui allait devenir le catholicisme.

Ce concept de « judéo-christianisme » offusque évidemment les croyants sincères des deux religions. Les Juifs ne peuvent pas admettre le dogme scandaleux, à leurs yeux, d'un « Dieu qui s'est fait homme » ; et les catholiques vont bientôt représenter une synagogue les yeux bandés, qui refuse « l'évidence » du message évangélique. Moi-même, sans doute trop imprégné des spécificités juives et trop conscient de l'apport décisif du catholicisme dans l'édification millénaire de la nation française, j'ai dédaigné longtemps ce mariage qui me paraissait un brin forcé. Et puis Ernest Renan vint...

Il faut dire, à ma décharge, que depuis l'origine, le conflit entre la mère et la fille n'a jamais cessé.

La mort de Jésus, réclamée par les autorités religieuses juives à la puissance romaine, vient justement du fait que celles-ci avaient bien compris que ce prophète qui se prétendait

Messie, à coups de paraboles emplies d'ironie, remettait en cause l'autorité absolue de la Loi ; et qu'il était pour lui plus important de combattre le Mal en l'homme que de sauver le peuple juif de la domination romaine. Saint Paul alla au bout de la logique ébauchée par Jésus en expliquant à tous ses interlocuteurs, qu'ils soient Juifs ou Romains, que la foi en Jésus libérait du respect de la Loi. On passait insensiblement d'une orthopraxie (religion fondée sur le respect de la Loi comme le judaïsme) à une orthodoxie (religion fondée sur la foi).

Les adeptes de Jésus se divisèrent alors en deux camps, qui devinrent de plus en plus irréconciliables : ceux qui, autour de son frère Jacques, ou de Pierre, adoraient en Jésus le plus grand des prophètes, mais des prophètes juifs, tout en continuant de respecter les obligations légales de la religion de leurs pères ; et les autres, dans la lignée de Paul, qui, estimant que Jésus était une révélation divine rendant caduc tout ce qui l'avait précédée, même la Loi, jetaient par-dessus bord ces contraintes pratiques pour embrasser la seule foi en Jésus, qui de prophète devint Messie, de Messie devint fils de Dieu, et de fils de Dieu devint Dieu.

Ceux-ci n'hésitèrent pas, dans leur ouverture vers la société des gentils, à incorporer dans le dogme catholique des éléments venus du paganisme gréco-romain, et en particulier de l'enseignement de Platon, comme le culte de la Trinité ou la résurrection des âmes.

Toute l'histoire, deux fois millénaire, du catholicisme s'écrira désormais au rythme de ce conflit originel. Quand l'Église de Rome, dans la suite logique de son fondateur Pierre, s'efforcera d'incarner, à sa manière, le Temple de Jérusalem, avec sa pompe munificente et ses règles édictées pour la vie quotidienne de tous les fidèles, elle devra lutter contre de grands mouvements de révolte qui, dans la continuation de Paul, rejetteront, et la hiérarchie épiscopale, et la pompe munificente, et la rétribution comptable des « bonnes actions » au quotidien, pour la quête exclusive et brûlante de la foi en « notre sauveur Jésus-Christ », l'amour seul de Dieu et des hommes emportant tout. Ainsi, ce seront successivement divers mouvements hérétiques aujourd'hui oubliés, puis le protestantisme et le jansénisme, qui déchireront la robe sans couture de l'Église.

Cette dialectique entre le Christ et l'Église est bien entendu niée, occultée et, surtout, sublimée par les prêtres et les fidèles. On pourrait d'ailleurs y retrouver ironiquement des relents de conflit politique entre la droite et la gauche : l'Église incarnant l'ordre, la tradition, la famille, l'héritage d'une culture millénaire, tandis que le message de Jésus, authentiquement révolutionnaire, est plus proche de la gauche avec son goût de la rébellion contre les institutions, son sens de la fraternité humaine, son pacifisme et le rassemblement d'apôtres et de fidèles, de leurs familles et de leurs patries, qui s'émancipent pour suivre Jésus. Il y a un siècle, Charles Maurras opposait « le Christ hébreu ou protestant [...] révolutionnaire et moderne, romantique et saint-simonien de mille huit cent quarante-huit au Christ de notre tradition catholique, le nouveau Jupiter qui “fut sur terre pour nous crucifier”. Je ne quitterai pas ce cortège savant des pères, des conciles, des papes, et de tous les grands hommes de l'élite moderne pour me fier aux évangiles de quatre Juifs obscurs[1] ».

1. « Préface du venin », in *Chemin de Paradis*, Éditions Calmann-Lévy, 1895.

N'en déplaise à Maurras, la prédication christique n'était pas une promesse politique et sociale, mais avait pour objet le salut dans l'au-delà. Le Christ ne visait pas à changer la société, mais à changer les âmes pour permettre à ses auditeurs de mériter le Royaume des cieux. Le monde social a ses lois propres, comme le monde physique. Pour Jésus, la hiérarchie est une de ces lois : « Rendez à César ce qui appartient à César », dit-il à ses disciples qui le pressent de se rebeller contre la puissance romaine.

Il y a bien deux plans distincts dans la vie humaine, et vouloir les confondre, c'est aller contre les paroles mêmes de l'Écriture : « Mon royaume n'est pas de ce monde… Le royaume de Dieu est en vous. »

Maurras commet la même erreur que ceux qu'il dénonce quand il fait de Jésus un révolutionnaire politique et social.

L'ironie est que, sans le savoir, Maurras se retrouvait aux côtés des Juifs, pontifes du Sanhédrin et pharisiens, qui ont justement reproché à Jésus et à ses adeptes de nier la Loi, l'ordre, et le cortège savant des pères, d'Abraham à Moïse, et de tous les grands hommes de l'élite talmudique ; mais le patron de l'Action française identifiait « les Juifs » à ces israélites de gauche qu'il côtoyait et affrontait dans le Paris de la fin du XIXe siècle, et qui eux-mêmes, ultime ironie, défendaient une idéologie universaliste de protection des minorités, fondée sur les principes de liberté individuelle contenue dans la Déclaration des droits de l'homme, aux antipodes de la Torah qui repose sur le triptyque : une Loi, une Terre, un Peuple, qui semble tout droit tiré des écrits de Charles Maurras ou de son ami Maurice Barrès.

Les deux camps, ennemis irréductibles, communiaient dans le même aveuglement ; mais c'est parce que le christianisme était né d'une religion nationale – le judaïsme – dont il avait gardé le texte fondateur qu'il allait si bien se prêter, au Moyen Âge, à l'invention de l'État-nation par les Européens...

Personne n'est à l'abri en ce domaine d'erreurs et de confusions. Moi-même, lors d'une émission de radio, j'ai voulu mettre mon grain de sel dans cette querelle millénaire, prenant parti pour l'Église, incarnation de l'ordre et de la tradition millénaire, contre cette invocation d'un Christ humanitariste et révolutionnaire. Je voulais tordre la barre dans l'autre sens, après que notre société occidentale, dans la lignée du mouvement de révolte juvénile des années 1960, eut abattu le magistère de l'Église et privilégié le seul message d'un Christ caricaturé en guide de communauté hippie. Je partageais alors l'agacement de ce personnage de Richard Millet, pris dans la fureur de la guerre du Liban des années 1970 : « Ils confondent repentance et pénitence. Le Christ, c'est l'infini de la souffrance humaine rencontrant la consolation sans fin. Ce n'est pas un copain qui joue de la guitare, une couronne de fleurs dans les cheveux[1]. »

Mal m'en a pris : mes mots furent mal choisis, dépassaient ma pensée, la réduisaient à une caricature, et je semais à mon tour la confusion et l'erreur.

Mais reprenons notre histoire de la chrétienté – et de ses rapports conflictuels avec le judaïsme – là où nous l'avons laissée. Depuis

---

1. Richard Millet, *La Confession négative*, Gallimard, 2009.

Constantin, la chrétienté règne sur l'Empire romain ; elle s'affirme le « verus Israel ». Le véritable Israël. Le nouveau peuple élu. Saint Paul l'avait dit aux gentils qui venaient l'écouter : « Tous ceux qui croient dans le Christ sont des enfants d'Abraham. » Dans la Rome encore païenne, tout s'était passé peu à peu comme s'il y avait eu un empereur de trop, comme si le pontife chrétien gênait déjà les Césars, comme si ceux-ci ne se sentaient plus chez eux, comme si, déménageant la capitale à l'est de l'Empire, Constantin avait cédé Rome au pape. D'où naquit sans doute dans les imaginaires naïfs de l'époque la fable de la « donation », ce texte imaginaire que Constantin aurait signé pour confier au chef de l'Église les clefs de la Ville éternelle.

De tous les successeurs de l'Empire romain, la monarchie française est celle qui entendra le mieux cette prophétie. Le roi de France se veut le descendant du roi David, le peuple français est le nouveau peuple élu, la monarchie capétienne a pioché dans l'Ancien Testament tous les signes, tous les symboles, tous les modèles : le sacre, l'huile sainte, les oriflammes bleu et or, la fleur de lys, jusqu'au pouvoir de guérison. Le sacre des rois francs est inspiré de Samuel qui, avec sa corne d'huile, procède à l'onction du roi David. Par le sacre, le roi des francs est héritier du roi David ; il est l'élu de Dieu. Une terre sacrée est promise à ce peuple de Dieu : la France.

La royauté française s'inspire « spirituellement » du judaïsme, comme le note Colette Beaune dans son ouvrage fécond sur la *Naissance de la nation France*[1]. Les chrétiens de l'époque n'étaient pas conscients de cette analogie. Si curieux que cela nous paraisse, ils n'avaient pas le sentiment d'une continuité entre le judaïsme antique, qu'ils vénéraient et auquel ils s'identifiaient, et le judaïsme contemporain, qu'ils jugeaient et traitaient fort mal.

Il n'empêche. Suivant le modèle girardien, plus on admire les Juifs, plus on les persécute. Louis IX discute théologie avec les maîtres du Talmud et brûle leur grand livre en place de Grève. Féroce ironie que ces Juifs tués au son des cantiques juifs !

Le lien ne sera jamais rompu. Au XVIe siècle, Jean Bodin s'appuiera sur l'Ancien Testament

1. Gallimard, 1985.

pour fonder sa théorie de la souveraineté. Hobbes ira jusqu'à affirmer que l'État des Hébreux constitue le prototype de l'État souverain.

Mais, à partir de la Renaissance, l'Occident renouait avec éclat avec son autre héritage : l'Antiquité gréco-romaine. Le conflit fondateur de l'Europe entre Athènes et Jérusalem reprenait de plus belle. Rome, l'héritière impériale d'Athènes, avait vaincu Jérusalem en 70 après J.-C., après que les armées de Titus eurent écrasé la révolte nationaliste juive et détruit le Temple de Jérusalem. Ce fut, dit Renan, « le triomphe du droit romain ou plutôt du droit rationnel, création toute philosophique, ne présupposant aucune révélation, sur la Torah juive fruit d'une révélation ». La victoire de ce qu'on appellera plus tard l'État, le droit, la laïcité sur le patriotisme et le fanatisme religieux. Mais les Juifs se vengeront de leur défaite militaire et vaincront Rome par le christianisme.

Au XIXe siècle, une Europe triomphante se parcellisa en nationalités qui aspiraient toutes à être des nations souveraines et libres. Pendant que les grandes nations, l'Angleterre, la France et l'Allemagne, guerroyaient sans relâche pour l'hégémonie sur le continent, les petites nations de l'Europe, des Polonais aux Irlandais, redécouvrant un passé d'autant plus glorieux qu'il était souvent inventé, se poussèrent du col en prétendant à leur tour être autant de « peuples élus ». C'est l'origine, selon Ernest Renan, de la renaissance moderne de l'antisémitisme sur le continent :

> Le grand éveil des esprits nationaux qui s'est produit au XIXe siècle ne pouvait manquer de ramener le souvenir de notre abdication devant les fils de Sem et provoquer, à cet égard, quelque réaction.
>
> Des races qui prétendent à la noblesse et à l'originalité en toute chose se sont trouvées blessées d'être en religion les vassales d'une famille méprisée. L'action religieuse du judaïsme est apparue colossale. On a vu les défauts d'Israël en même temps que sa grandeur ; on a eu honte de s'être fait juif, de même que les patriotes germains exaltés se sont crus obligés de traiter d'autant plus mal le XVIIe et le XVIIIe siècle français, qu'ils lui devaient davantage[1].

1. *Histoire des origines du christianisme, op. cit.*

L'origine juive de la chrétienté en Europe redevenait un abcès de fixation. Et le désir mimétique girardien reprenait du service. Le marxisme apporta sa pierre à l'édifice funeste, les Juifs devinrent les fourriers du capitalisme, de l'argent, de l'individu, des villes, de tout ce qui constituait cette modernité destructrice des solidarités et des sociabilités polies au fil des siècles par le génie du christianisme. Chaque peuple ajouta son propre ressentiment : les Français du XIXe siècle n'ont jamais compris ni admis que ces Rothschild, banquiers de toutes les coalitions contre Napoléon, soient devenus les grands argentiers et même les amis des rois qui avaient succédé à leur cher empereur. Les Allemands, et tous leurs voisins de l'Est du début du XXe siècle, notaient avec un ressentiment croissant que la quasi-totalité des agitateurs communistes qui mirent le continent à feu et à sang après la Première Guerre mondiale et la Révolution russe de 1917 étaient juifs. Et tous sur le continent d'observer avec envie, voire une pointe de jalousie, la réussite matérielle éclatante d'un certain nombre de

Juifs, devenus de grands personnages dans la société. Girard encore et toujours.

Mais derrière l'émergence du nationalisme, du capitalisme, du socialisme, du marxisme, du communisme, du fascisme, du nazisme, derrière tous ces phénomènes modernes nés de la Révolution française et de la révolution industrielle, c'est le vieux, très vieux triangle antique, le très ancien conflit dont la synthèse fut à l'origine de l'Occident, Jérusalem-Athènes-Rome, qui, comme un volcan que l'on croyait endormi, se réveillait, pour le meilleur et surtout pour le pire.

En janvier 1941, Henri de Montherlant publiait, dans la N.R.F., un texte intitulé *Le Solstice de juin* qui se réjouissait ouvertement de voir la croix gammée faire de l'ombre à Notre-Dame : « Tu es vaincu, Galiléen », écrivait-il avec des accents de triomphe rageur. Cette jubilation inouïe, et pour tout dire obscène, quelques mois après l'effondrement de l'armée française, lui vaudra la rancune tenace et légitime des autres écrivains catholiques de la maison Gallimard, qu'ils aient été vichystes comme Paul Claudel ou résistants comme Jean Paulhan. L'imprudent

– et impudent – Montherlant avait osé écrire tout haut ce que nombre de ses pairs pensaient et disaient tout bas. Suffisamment haut pourtant pour qu'on les entende. Chez Drieu la Rochelle, Brasillach ou Rebatet, et d'autres encore moins illustres, l'engagement fasciste, devenu nazi avec le temps et les premiers succès de Hitler, était vécu comme un retour aux sources d'un « paganisme » anticatholique, qui prenait sa source au pied des statues des dieux antiques, de la philosophie grecque et des légions de l'armée romaine que ressuscitaient, à leurs yeux ébaubis, les farouches soldats de la Wehrmacht. On se réclamait des mânes impériaux de Julien l'Apostat et des éclairs fulgurants de Nietzsche pour conspuer cette « morale d'esclaves » que constituait à leurs yeux un christianisme trop compatissant envers les pauvres et les faibles, et trop respectueux du libre arbitre des individus.

L'antisémitisme débridé de ces années-là fut aussi – et fut d'abord pour certains – un antichristianisme. Jésus redevint alors « le roi des Juifs ». Le catholique redevint un judéo-chrétien.

Dans un texte resté longtemps secret, *Le Soleil de minuit*, et exhumé par son dernier biographe, Éric Roussel[1], Jacques Benoist-Méchin fonde ainsi son engagement résolu et inébranlable dans la collaboration avec l'Allemagne nazie sur son rejet du « Dieu que l'on célèbre sur les autels », opposant au Dieu du Salut le Dieu de la Cité, impitoyable avec les faibles et admirateur des forts et des héros, méprisant la plèbe et les femmes.

Condamné à mort à la Libération, puis gracié, historien talentueux des *Soixante jours qui ébranlèrent l'Occident*[2], Benoist-Méchin devint dans la seconde partie de sa vie l'ami intime des principaux dignitaires du monde arabe, l'Égyptien Nasser, le Marocain Hassan II ou encore le Libyen Kadhafi. Il fut aussi le biographe ébloui d'Ibn Séoud, fondateur du royaume d'Arabie séoudite, et l'inspirateur vibrant d'une alliance euro-arabe, fondée sur la complémentarité entre une immigration de travailleurs musulmans dans les usines européennes, la technologie occidentale et les inépuisables réserves

1. Éric Roussel, *Jusqu'au bout de la nuit*, Perrin, 2025.
2. Bouquins, 2012.

financières tirées du pétrole par les princes du Golfe, projet géopolitique d'envergure qui convainquit, à partir des années 1960, nombre de dignitaires français et européens, politiques, patrons, intellectuels, jusqu'au général de Gaulle lui-même et sa fameuse « politique arabe de la France ». Benoist-Méchin révélait ainsi à la fin de sa vie la cohérence et l'unité de toute son existence : adorateur transi de la force allemande mise au service du projet totalitaire des nazis, puis admirateur non moins énamouré de la force arabe, mise en mouvement depuis plus de mille ans par le message coranique, il se retrouvait chaque fois dans le camp adverse à ce christianisme qu'il vomissait. De quoi retrouver, par-delà la défaite et la mort, la conviction de son premier héros, Hitler, qui, lui aussi, jugeait l'islam bien supérieur au catholicisme, la religion de Mahomet, contrairement à celle de Jésus, n'ayant pas, selon eux, émasculé par une morale et une douceur toute féminine la férocité native des soldats d'Allah.

On sait comment tout cela s'acheva : dans l'Holocauste et la mort de six millions de Juifs européens. La réaction de la chrétienté fut à la hauteur de l'événement. À partir des années 1950 et du concile Vatican II, l'Église nettoya de ses textes la moindre trace d'antijudaïsme ; ce mouvement atteignit son apothéose des décennies plus tard avec Jean-Paul II qui, comme je l'ai dit, déclara les Juifs « frères aînés dans la foi » des chrétiens.

Ces gestes et ces propos étaient pleins d'élégance morale et de douceur évangélique ; beaucoup de Juifs en surent un immense gré à Jean XXIII et à son lointain successeur polonais ; mais ils révélaient aussi un incroyable contresens historique : tout se passait comme si l'Église prenait à son compte les critiques d'une gauche anticléricale, qui n'avait jamais renoncé à son combat contre « l'Infâme » et avait mis le projet criminel des nazis sur le dos de son « enseignement du mépris » à l'égard du « peuple déicide ». On peut à la rigueur reprocher au Vatican son excessive prudence diplomatique, et à une partie des catholiques d'Europe une indifférence coupable au malheur des Juifs ; mais ses ennemis païens et nazis devaient bien rire sous cape, dans les catacombes où ils se terraient, de voir cette Église qu'ils avaient méprisée, conspuée et persécutée prendre sur elle leurs crimes et leurs péchés dont eux n'avaient même pas honte.

Ce contresens historique et idéologique explique pourquoi les Églises d'Europe, et en particulier celle de France, se portèrent, dès les années d'après-guerre, à la pointe du grand combat pour l'accueil sans condition dans les pays d'Occident d'hommes, et bientôt de femmes et d'enfants, venus de contrées lointaines. Si l'Église avait péché par insuffisance d'universalisme et de compassion, si le catholicisme européen n'avait pas été assez chrétien, il fallait qu'il en fît pénitence par un surcroît d'universalisme et de compassion, par un catholicisme toujours plus ouvert aux autres, un catholicisme qui tendait encore plus systématiquement la joue gauche à ceux qui lui frappaient la joue droite.

Cette grande transhumance des peuples du Sud vers les terres riches du Nord, qui commençait alors, fut assimilée fallacieusement à la fuite des Juifs devant les nazis, et l'on somma les peuples chrétiens de les accueillir pour se faire pardonner de n'avoir pas su alors accueillir et protéger les Juifs.

Les prélats catholiques étaient unis, main dans la main, avec les pasteurs protestants et les rabbins juifs, dans cette grande œuvre expiatrice et rédemptrice. Ils ont tous été les « idiots utiles », d'abord de patrons avides d'une main-d'œuvre à bon marché, puis, surtout, d'une extrême gauche marxiste et ensuite wokiste qui avait désigné comme son ennemi privilégié – depuis la célèbre rencontre de Bakou en 1920 entre Lénine et les dirigeants des mouvements indépendantistes des empires coloniaux britanniques et français – l'Occident blanc et capitaliste.

Lénine avait alors prophétisé : « On prendra l'Europe par l'Afrique. »

Ces deux réactions de l'Europe chrétienne à ce qu'on n'appellerait plus à partir des années 1980 que la Shoah – pour bien montrer son caractère unique et fondateur – allaient transformer l'Europe et la chrétienté au-delà de tout ce qu'on pouvait imaginer.

Le mouvement de déstabilisation vient de l'intérieur et de l'extérieur. Avec Vatican II, c'est de Rome que part la révolte. Avec Vatican II renaît la sempiternelle querelle entre Paul et Pierre, entre ceux qui veulent tout sacrifier pour l'amour du Christ et ceux qui entendent avant tout pérenniser l'autorité de l'Église dans le monde. Beaucoup de fidèles ne reconnaissent plus leur religion ; on leur a « protestantisé » leur catholicisme : le prêtre est face aux fidèles et ne leur tourne plus le dos, le latin a été remplacé par le français, les rituels sont moins fastueux, plus sobres, on ne veut plus parler aux sens, aux émotions, mais à la raison... C'est la revanche des protestants et des jansénistes sur Louis XIV qui les avait persécutés. Une contradiction bien française qui n'avait pas échappé à Maurice Barrès, dès le début du XXe siècle : « Qu'est-ce que le gallicanisme ? C'est Bossuet et Louis XIV, quant à l'administration. Pour le fond, dans sa forme religieuse, c'est le jansénisme, l'aspiration à une religion épurée, plus dénudée, plus austère[1]... »

Même les incroyants bouffeurs de curé s'en plaignent, comme Georges Brassens qui chante : « Sans le latin, la messe nous emmerde. » Les églises se vident dans les pays comme la France, qui sont à la pointe de ce

1. *Cahiers*, tome 10, 1913-1914.

mouvement, tandis qu'en Italie, où le catholicisme traditionnel, revivifié par la Contre-Réforme du concile de Trente, a mieux tenu, les fidèles conservent un sentiment d'appartenance identitaire à leur mère l'Église.

Les paradoxes du message de l'Église romaine ont de quoi troubler le fidèle le plus averti. D'un côté, on arrache du catholicisme tout ce qui la reliait encore au judaïsme, tout ce qui l'assimilait encore vaille que vaille à l'orthopraxie talmudique, tout ce qui relève de la contrainte et de la punition, du châtiment et de la récompense, et, de l'autre, par sa voix la plus autorisée, le christianisme renoue le fil de sa filiation juive.

Pire encore : au nom de l'amour universel, devenu seul absolu, l'Occident chrétien accueille par millions des adeptes d'un dogme mahométan qui est l'expression la plus farouche et la plus ancestrale d'un monothéisme sémitique fondé sur le respect scrupuleux d'un ensemble de règles de vie, corpus juridique qui a force de loi sacrée.

Comme si un esprit malveillant voulait tenter des expériences qui avaient déjà mal tourné. Souvenons-nous : au concile de Nicée en 325 après J.-C., le catholicisme a coupé le cordon ombilical qui le reliait encore à sa mère juive. En consacrant Jésus fils de Dieu et Dieu, les prélats rassemblés à Nicée ont rompu avec les derniers judéo-chrétiens qui voulaient concilier les deux messages : la fidélité aux préceptes de la religion juive et l'adoration de Jésus. Dans son désert arabique, quelques siècles plus tard, Mahomet côtoie les héritiers de cette mouvance et devient l'un d'entre eux. Avec l'islam, ils tiennent leur revanche et renouent avec un monothéisme sémitique pur, débarrassé des complications mythologiques et polythéistes que le génie grec avait introduites à Nicée dans le message évangélique.

Aucun des fondateurs des grandes religions monothéistes n'a le même objectif : Moïse veut apporter la Loi au peuple d'Israël, et Jésus propager l'Amour entre les hommes. Mahomet, lui, est incontestablement le plus politique et le plus belliqueux d'entre eux. Un connaisseur aussi averti et aussi admiratif que Jacques Benoist-Méchin des arcanes de l'univers musulman lui en fait gloire :

> En composant son livre, le but de Mahomet n'était pas de donner à l'humanité une morale supérieure à celle de l'Évangile ni d'imposer des lois uniformes à tous les peuples de l'Orient, mais d'apporter aux Bédouins une doctrine susceptible de provoquer chez eux un grand mouvement d'unification nationale. Cette pensée, qui fut sa préoccupation centrale, ne domine pas seulement le Coran, mais tous les actes de sa vie[1].

Depuis lors, chaque religion a grandi dans son aire géographique et s'est imprégnée des caractéristiques des peuples qui s'y trouvaient. Le christianisme est une édition du judaïsme accommodée au goût des Européens ; l'islam est une édition du judaïsme accommodée au goût des Arabes.

Le judaïsme laissait libre la discussion autour du dogme, mais définissait strictement les pratiques de la vie quotidienne : on pouvait discuter sans fin du récit biblique de la sortie d'Égypte ou de la lutte de Jacob avec l'ange, mais on n'avait pas le droit de manger

1. Jacques Benoist-Méchin, *Ibn-Séoud ou la Naissance d'un royaume*, Albin Michel, 1955, partie I, chapitre 1.

du porc. À l'inverse, le christianisme libérait la vie quotidienne, mais établissait une vérité dogmatique qu'on ne pouvait discuter : on avait le droit de manger du porc, mais pas de nier la Sainte-Trinité. L'islam a verrouillé des deux côtés : on ne pouvait ni manger de porc ni contester les ordres impérieux d'Allah. Islam signifie « soumission », quand le judaïsme s'est épanoui dans la disputation théologique. Un seul exemple fera comprendre le changement de paradigme entre judaïsme et islam : quand Dieu exige d'Abraham qu'il aille annoncer la destruction des villes impies, Sodome et Gomorrhe, Abraham négocie pied à pied avec Dieu la terrible sentence ainsi relatée par la Torah : « Et s'il y avait cinquante justes dans ces villes, elles ne mériteraient pas ton courroux… Et Dieu répond : si je trouve à Sodome cinquante justes, je pardonnerai à toute la ville à cause d'eux. Abraham insiste : et s'il y en avait quarante-cinq ? Trente ? Vingt ?… Dix ? » Dans le Coran, cette anecdote savoureuse est réduite à sa plus simple expression : « Et Abraham obéit à Dieu. »

L'un des plus grands talmudistes s'appelle Chamaï, grand rival du rabbin Hillel, qui a donné le mot « se chamailler » en langue française. De son côté, l'islam est le monothéisme le plus dur (comme l'avait bien compris Voltaire), mais aussi l'orthopraxie la plus impérieuse : la charia est la loi qui s'impose à tous les musulmans, règle chaque instant et chaque geste de leur vie, ne peut être discutée – contrairement aux Juifs – et ne laisse aucune place à une loi laïque – contrairement aux chrétiens.

C'est ce qui faisait dire à Ernest Renan : « l'islam est l'union indiscernable du spirituel et du temporel ; c'est le règne d'un dogme, c'est la chaîne la plus lourde que l'humanité ait jamais portée[1]... »

L'islam n'est pas un simple « christianisme des Arabes ». Il est une soumission à une règle vétilleuse et souvent surannée, datant du VIIe siècle dans le désert d'Arabie, qui enserre chaque moment de l'existence des individus, dont l'individualité et la liberté sont niées, dans une logique totalitaire – « Si un corps de garde avait une religion, ce serait l'islam[2] », plaisantait Claude Lévi-Strauss – tandis que le

1. Conférence prononcée à la Sorbonne en 1883.
2. *Tristes Tropiques*, Plon, 1976.

musulman, imitant sans doute son Dieu farouche, enferme tout ce qui n'est pas lui – femme, infidèle, esclave – dans un statut d'infériorisation et de discrimination (le fameux dhimmi) qui confine à ce que Claude Lévi-Strauss appelait « la néantisation de l'Autre ». Un Autre qui doit être nié, converti, combattu, dominé ou tué. C'est, comme l'explique lumineusement Benoist-Méchin, le produit de la rencontre entre la « psychologie des Arabes » et « l'univers que leur apporta Mahomet » :

> Les hommes y étaient répartis en deux catégories bien tranchées : d'un côté les Arabes, croyants et dépositaires de la vérité divine ; de l'autre, les païens mécréants, qui nient l'existence d'Allah, l'immortalité de la chair et la mission du prophète. Le devoir de tout musulman à l'égard de ces derniers était simple : il devait s'efforcer de les rallier à l'islamisme et les exterminer sans pitié s'ils refusaient de se convertir.
>
> Toute guerre est donc sainte qui visait à propager « la vraie religion » et Dieu réservait des faveurs particulières à ceux qui y consacraient sa vie. Le service des armes

> revêtait le caractère d'une obligation sacrée. Tous devaient participer au combat, même les aveugles et les estropiés. Seuls en étaient dispensés les enfants en bas âge, les déments et les femmes. Encore celles-ci avaient-elles pour devoir « de passer au fil de l'épée tout musulman qu'elles verraient fuir[1] ».

C'est ce qui explique l'échec lancinant, bien que jamais reconnu, des efforts incessants déployés depuis des décennies par la hiérarchie catholique en faveur d'un « dialogue des religions » qui tourne régulièrement en eau de boudin : comment dialoguer avec quelqu'un qui ne vous reconnaît aucune légitimité, avec quelqu'un qui considère que vous avez trahi « votre » message originel, avec quelqu'un qui vous « néantise » ?

Mais l'Église n'en a cure. L'Église s'obstine. *Errare humanum est, perseverare diabolicum.*

1. *Ibn-Séoud ou la Naissance d'un royaume, op. cit.*

3.

Naissance de l'individu

Dans son dernier livre avant sa mort, le philosophe Alain Besançon accusait l'Église romaine post-conciliaire de renouveler avec l'islam l'erreur qu'elle avait commise avec le communisme.

Ce n'est pas un hasard si l'un des plus brillants pourfendeurs du totalitarisme communiste que fut Alain Besançon a fini sa vie par un livre sur le totalitarisme islamique. L'orientaliste Maxime Rodinson disait : « L'islam, c'est un communisme avec Dieu » ; mais ce n'était pas dans sa bouche de marxiste une critique. Besançon, lui, tance une Église catholique coupable d'ingénuité ou de reniement. Une Église qui, face aux idéologies, séculières ou religieuses, voulant la détruire et l'asservir, défend mal son héritage le plus précieux : l'individu. Un individu qui est le pur produit du christianisme. Pourquoi le christianisme ? Parce que le message évangélique se focalisa sur le salut de l'âme individuelle – et non celui du peuple, comme dans le judaïsme ou les autres sociétés de l'Antiquité. Parce que la priorité donnée à la foi sur la loi par saint Paul favorisa l'émergence d'un individu développant un contact personnel avec la divinité, « roseau pensant », priant, suppliant ou se repentant. Parce que les premiers chrétiens défendirent, par le sacrifice de leur vie, leur liberté de croire en leur Dieu et de ne pas se soumettre à la religion de l'empereur, forgeant par le sang cette distinction entre les exigences de la conscience individuelle et l'obéissance aux lois de la cité, qui apparaissait sacrilège aux esprits de l'Antiquité. Parce que en se convertissant en 313, l'empereur Constantin établit les prémices, dans son fameux édit de Milan, de « la recherche de la tolérance ».

Voilà pourquoi l'Europe occidentale est devenue très tôt la terre privilégiée de l'individu. C'est-à-dire que l'individu et sa famille pouvaient prendre des décisions autonomes et s'émanciper des grandes tribus qui régnaient partout ailleurs sur la planète. Contrairement à ce que l'on croit aujourd'hui, ce n'est pas la constitution des États modernes qui a permis de faire émerger un individu doté de droits et protégé par eux, mais c'est la société chrétienne d'individus qui s'est offert un État protecteur de ses droits. En Europe, le développement social a précédé le développement politique. Cette sortie des parentés traditionnelles, au profit de l'individu, eut lieu après que les tribus germaniques eurent mis à bas l'Empire romain et se furent converties au christianisme.

Mais cette société des individus naissante, sortie toute casquée du tribalisme des ancêtres, devait être organisée et ordonnée sous peine d'anomie. Ce fut le rôle grandiose de l'Église. Dans son livre *Le Début de l'histoire*[1], Francis Fukuyama précise que « ce ne fut pas le christianisme en soi mais la forme institutionnelle spécifique que le christianisme avait prise qui détermina son impact sur le développement

1. Saint-Simon, 2012.

politique ultérieur ». En clair, c'est l'Église catholique qui, englobant les cultures romaine, teutonique et chrétienne, donna son unité à un ensemble européen qui n'avait ni centre commun ni spiritualité traditionnelle unifiée. Les peuples du Nord n'avaient ni écriture, ni villes, ni monuments de pierre, et c'est l'Église qui allait leur donner ces éléments culturels qui les sortiraient de leur état de « Barbares ». Art, peinture, musique, écriture et littérature, architecture, mais aussi droit et politique, l'Église a façonné les peuples d'Europe comme Dieu avait créé l'homme à son image. Les rois de France et d'Angleterre ont « deux corps », un mortel et un immortel, un physique et un politique, à l'image de Jésus, à la fois homme et Dieu. Les assemblées de moines au sein des monastères, avec leurs journées strictement réparties entre temps consacré à la prière, temps consacré à l'étude et temps consacré au travail des champs – « *ora* » et « *labora* », selon la règle de saint Benoît –, sans oublier sa hiérarchie rigoureuse et son culte de ce qu'on n'appelait pas encore la « productivité », annoncent déjà la rigueur rationnelle de l'organisation du travail dans les futures fabriques et usines de l'ère industrielle du capitalisme triomphant[1]. Et les hospices, l'attention donnée aux pauvres, aux malades, par les couvents de femmes, le soin des corps des plus faibles, érigés en devoirs majeurs de la nouvelle religion – parce que servir l'homme, c'est servir le Christ lui-même – préfigurent les réalisations de nos États providence[2].

Avant le XIe siècle, l'Église avait accompli son office admirable : elle avait donné à l'Europe occidentale sa forme et son unité. Peu importent les origines, les races ou les ethnies, les coutumes passées, dès qu'un peuple devient catholique, il entre dans la grande famille des Européens, comme le prouve avec éclat l'exemple des Hongrois, dont l'ethnie et la langue n'avaient à l'origine rien à voir avec celles de leurs voisins, et qui, dès qu'ils se convertirent au catholicisme au XIVe siècle, partagèrent désormais avec eux leur histoire, leur culture, leur développement

1. Lire à ce sujet *La Religion industrielle, monastère, manufacture, usine. Une généalogie de l'entreprise* de Pierre Musso, Éditions Fayard, 2017.

2. Lire à ce sujet *Pour l'Église. Ce que le monde lui doit* de Christophe Dickès, Éditions Perrin, 2024.

économique, leurs découvertes scientifiques, leurs débats intellectuels et politiques, leurs illusions et leurs guerres, leurs souffrances et leurs révoltes. Fukuyama renouait ainsi avec l'intuition qui avait présidé, deux siècles auparavant, à la rédaction du livre de Chateaubriand : *Génie du christianisme*[1]. Un génie esthétique, culturel, mais aussi juridique, politique, qui a donné un cadre unique à l'homme européen. Mais cet homme européen a lui-même été transformé par le catholicisme, religion de l'intériorité, de l'état d'âme, de l'aveu, de la compassion, de la liberté et de la culpabilité à la fois, comme l'avait analysé Barrès avec une rare finesse :

> Il faut demander le secret religieux à Pascal et non à Chateaubriand. Il ne suffit pas de garder la construction, la forme esthétique ; il faut aller à la source, aux puissances du cœur. Nos facultés aimantes, telles que les modèle le catholicisme. Le catholicisme, c'est avant tout une certaine vie intérieure. Pascal plus que Chateaubriand[2].

---

1. *Op. cit.*
2. *Cahiers*, tome 5, 1906-1907.

Cette société des individus, mais unifiée par une culture commune et un ordre social commun, put alors, après des siècles de repli prudent à l'abri des châteaux forts et des églises, entamer sa grande marche vers la modernité. Si on en croit l'historien Henri Pirenne, dans son *Histoire de l'Europe*[1], ce fut au XIe siècle qu'eut lieu la première révolution qui forgea à la fois le capitalisme – lettres de change par les banquiers lombards, premières fabriques de textile dans les Pays-Bas et l'Italie du Nord – et réinventa la ville.

Très vite, cette société des individus, qui n'aurait pas été possible sans le christianisme, se rebella contre la tutelle de l'Église. L'individu retournait cette liberté de conscience que lui avaient inculquée les premiers chrétiens contre le magistère des prêtres. Et les États européens, celui du roi de France ou de l'empereur d'Allemagne sans oublier celui du roi d'Angleterre, érigés justement sur le modèle de l'Église, résistaient victorieusement aux tentations théocratiques des papes qui, de Grégoire VII à Boniface VIII, avaient

1. Gallimard, 2023.

avoué l'imprudente ambition de tenir les deux glaives, le spirituel et le temporel, dans leurs seules mains.

À partir de la Renaissance italienne, l'Europe émancipe le droit, la philosophie, la science et la raison de toute révélation. Athènes et Rome reviennent en force en Occident. Les querelles scientifiques remplacent peu à peu les disputations théologiques. Les rapports sont par nature difficiles entre les monothéismes, qui reposent sur le miracle, et la science, qui le nie au nom de l'expérimentation. Pendant plusieurs siècles, entre le XIIIe et le XVIIe, l'Église résista aux contestations scientifiques, mais avec beaucoup moins de férocité que l'islam. C'est que l'Église, depuis les origines, s'était voulue l'éducatrice des peuples. Elle avait scolarisé toute l'Europe, avant de poursuivre cette mission dans le monde entier. Comme le notait avec une ironie grinçante Chateaubriand :

> Ce sont encore des prêtres superstitieux qui nous ont guéris de notre ignorance, et qui, depuis dix siècles, se sont ensevelis dans la poussière des écoles pour nous tirer de la

> barbarie. Ils ne craignaient pas la lumière, puisqu'ils nous en ouvraient les sources ; ils ne songeaient qu'à nous faire partager ces clartés, qu'ils avaient recueillies, au péril de leurs jours, dans les débris de Rome et de la Grèce[1].

Saint Thomas d'Aquin avait légué à ses ouailles une confiance immense dans l'importance de la raison. Le grand historien du Moyen Âge, Jacques Le Goff, nous a appris à admirer cette méthode scolastique, que seuls les ignorants confondent avec sa caricature, qui mit en exergue l'irremplaçable vertu du doute, de la discussion supérieure à l'argument d'autorité, du savoir considéré comme une libération et de la priorité donnée à l'ordre et à la clarté, et ce bien avant Descartes. Mais le combat était inégal : c'était celui de la fille ingrate contre la mère acariâtre. Laissons le dernier mot de cette histoire à Chateaubriand :

> Durant les longues calamités qui accompagnèrent et suivirent la chute de l'Empire romain, les sciences n'eurent d'autre retraite

1. *Génie du christianisme*, *op. cit.*, partie IV, livre VI, chapitre 5.

> que le sanctuaire de cette Église qu'elles profanent aujourd'hui avec tant d'ingratitude. Recueillies dans le silence des cloîtres, elles durent le salut à ces mêmes solitaires qu'elles affectent maintenant de mépriser[1].

Mais, face aux assauts de la science, la faiblesse du christianisme fit paradoxalement sa force. La victoire ultime de Descartes, Newton, Galilée, etc., donna à l'Occident une supériorité technique, économique, et donc militaire, et donc politique, assurant son hégémonie sur toutes les autres civilisations du monde.

1. *Génie du christianisme*, *op. cit.*, partie I, livre IV, chapitre 3.

4.

Tous coupables

Cet individu occidental, fils du christianisme, mais qui s'éloigne désormais des questions théologiques, va conquérir le monde. Sur son frêle et élégant esquif à voiles, qu'il a forgé de ses mains, aidé de ces outils ingénieux, sextant et boussole, qu'il a inventés, il sillonnera les mers et découvrira des terres inconnues.

L'Amérique sera son chef-d'œuvre. Les mêmes mécanismes qui ont façonné l'Europe chrétienne mille ans plus tôt seront remis en action, encore mieux huilés : Terre promise ; nouveau peuple élu ; mission divine ; individu souverain, priant, travaillant, guerroyant, imposant son modèle de famille nucléaire et de société rassemblée autour de son clocher à des peuples autochtones organisés en tribus, selon le schéma archaïque de l'humanité ; foi vibrante en Dieu et en Jésus-Christ, suivant l'épure tracée par saint Paul accomplie par le protestantisme, et religion ramenée à une morale individuelle impérieuse ; « formes » artistiques, architecturales, universitaires, juridiques, politiques, façonnées par la Rome antique et catholique.

Mais des deux côtés de l'Atlantique, on n'a pas le même péché originel. Tandis qu'en Europe, depuis 1945, la mémoire de la Shoah hante les esprits, toute la vie politique américaine d'après-guerre a été obnubilée par le souvenir de l'esclavage, depuis les grandes manifestations des années 1960, les émeutes de Los Angeles, l'assassinat du pasteur Martin Luther King, jusqu'aux troubles autour de la mort de George Floyd en 2020. Cette « question noire » va durablement culpabiliser la majorité blanche et pousser les dirigeants des États-Unis à prendre, au cours des années 1960, deux grandes législations qui vont altérer profondément les fondements de l'identité américaine : la première est la discrimination positive à l'université, qui réserve des places aux jeunes Noirs dans les établissements américains les plus prestigieux, alors même que leurs seuls résultats scolaires ne le leur permettaient pas ; la seconde est l'abolition en 1965 des quotas d'immigration qui, depuis 1924, garantissaient de manière assez habile que la composition démographique du peuple américain, telle qu'elle était établie à la fin du XIXe siècle, ne fût pas bouleversée par les nouvelles vagues d'immigration, catholiques et juives, ce qui avait obligé les derniers arrivants, éternellement en minorité, à s'assimiler au modèle dominant légué par les maîtres anglo-saxons du pays depuis le XVIIIe siècle, suivant l'adage célèbre de l'Empire romain : « À Rome, fais comme les Romains. » Ces deux révolutions conduites par le Parti démocrate détruiront deux piliers majeurs de l'Amérique, la méritocratie scolaire et professionnelle d'une part et, d'autre part, la prédominance de la majorité wasp[1] au sein du peuple américain. Fille de l'Europe, les États-Unis vont alors devenir ce « pays-monde », dont les « temples du savoir », qui dominaient l'univers, seront désormais minés par une idéologie nihiliste jouant habilement sur la culpabilité chrétienne.

1. White Anglo-Saxon Protestant.

À l'instar de l'Europe, les États-Unis vivent d'abord et avant tout une crise religieuse, au sens où on peut dire que le fleuve chrétien qui a irrigué la nation depuis son origine s'est peu à peu asséché.

Tandis que, comme on l'a vu, le catholicisme européen prenait peu à peu les couleurs d'un protestantisme qui avait fait la grandeur des pays du nord de l'Europe, son modèle américain s'effondrait et, dans son effondrement, entraînait l'Amérique à sa suite. Les lecteurs de Tocqueville ne s'en étonneront pas, puisque le grand écrivain français avait fait de la religiosité le ciment unificateur de ce vaste territoire. À la fin du XIXe siècle, les immigrants catholiques ou juifs avaient fait leur place dans la société américaine, mais le protestantisme avait conservé son statut de référence culturelle indétrônable. C'est pourtant ce trône qui va être renversé par le mouvement révolutionnaire né dans les années 1960. Donnons un chiffre pour mesurer l'étendue des dégâts. En 1965, 50 % des Américains appartenaient encore à l'une des huit Églises protestantes. Aujourd'hui, ce pourcentage est tombé à 4 %.

Très vite, un esprit délié comme Allan Bloom, dans son chef-d'œuvre *L'Âme désarmée*[1], prit la mesure de la catastrophe qui s'annonçait, avec cette destruction programmée des « formes », héritées de l'humanisme gréco-romain et chrétien, qui avaient façonné l'Occident.

Cinquante ans plus tard, avec l'essor du mouvement woke, on peut mesurer l'étendue des dégâts. C'est ce que fait l'universitaire Joseph Bottum dans son livre *An anxious rage, the post-protestant ethic and the spirit of America*[2]. Dans une interview au *Figaro*, il explique : « Nous avons désormais une Église du Christ sans le Christ. C'est-à-dire qu'il n'y a pas de pardon possible... Le Christ paie les dettes du péché originel, nous en libérant. Si vous enlevez le Christ, vous obtenez la culpabilité blanche et le racisme systémique... »

Et d'observer les jeunes adeptes woke : « Ils s'agenouillent, ils lavent les pieds des Noirs. Sans savoir que c'est religieux. » Pour Bottum, l'objectif de ce mouvement vise tout simplement à « défaire les États-Unis dans ses fondements :

1. Allan Bloom, *L'Âme désarmée*, Belles Lettres, 1987.
2. Joseph Bottum, *An anxious rage, the post-protestant ethic and the spirit of America*, Image Books, 2014.

l'État-nation, le capitalisme et la religion protestante... Ces post-protestants sont des nouveaux puritains sans Dieu qui pratiquent la religion de la culture "woke" et de la justice sociale et rejettent le projet américain dans son intégralité... C'est une entreprise de destruction de la modernité sur laquelle sont fondés les États-Unis ».

Les liens entre les deux côtés de l'Atlantique sont profonds et souvent décisifs depuis l'origine des États-Unis. Les pères fondateurs américains avaient lu Montesquieu et Rousseau, et les premiers pas de la République américaine furent suivis attentivement par les esprits français qui avaient soif de renouveler la vieille monarchie capétienne. De même, dans les années 1960, les intellectuels adeptes de la « déconstruction » – Michel Foucault, Gilles Deleuze, Jacques Derrida, Félix Guattari, Jean-François Lyotard – furent les stars des campus américains, rassemblés sous le drapeau prestigieux de « French Theory ». Théorie française qui, après avoir fait souche, nous sera renvoyée sous forme redoutablement opérationnelle de wokisme, par l'intermédiaire de Sciences Po, porte d'entrée privilégiée dans l'espace universitaire et intellectuel de l'Hexagone, des idéologies importées d'outre-Atlantique. En Europe, et surtout en France, le wokisme, qui exalte les minorités sexuelles et raciales, ainsi que la haine de l'homme blanc hétérosexuel, va s'aboucher avec l'islam pour devenir une machine de guerre à soumettre les élites aux masses islamiques. C'est ce que les Frères musulmans ont théorisé sous le vocable d'« islamisation de la connaissance ». Qui ressemble en vérité le plus souvent à une islamisation de l'ignorance. C'est cette alliance électorale islamo-gauchiste entre « les jeunes des quartiers » et « la jeunesse étudiante », que Jean-Luc Mélenchon a conceptualisée politiquement pour faire de lui et de son mouvement La France insoumise les nouveaux patrons de la gauche française. Pour Mélenchon, qui ne parle plus que de « Nouvelle France », et ne rate jamais une occasion de comparer les Arabo-musulmans à la nouvelle classe ouvrière ou à un nouveau tiers état de la Révolution à venir, ce sont les « Français qui se disent de souche qui constituent un problème pour la paix civile ».

On songe, non sans effroi, à Danton qui disait, alors que la Terreur faisait tomber les têtes des aristocrates dans le panier de la guillotine : « Les aristocrates ne sont pas coupables, mais ils gênent l'avenir. »

L'alliance de fer entre l'islam et le wokisme a comme adversaire la civilisation européenne et occidentale qui est, comme le disait le général de Gaulle dans sa célèbre formule, « de race blanche, de religion chrétienne et de culture gréco-romaine ». Cette alliance est le « pacte germano-soviétique » de notre temps. À l'instar de leurs modèles historiques, les deux alliés d'aujourd'hui aux valeurs radicalement antagonistes – entre une civilisation islamique, qui enferme les femmes et persécute les homosexuels, et une idéologie woke, qui les exalte et les héroïse – ne manqueront pas de se déchirer un jour ; et je pressens déjà quel sera le vainqueur de cette lutte alors inexpiable ; mais ce futur inéluctable est pour l'instant occulté par tous les protagonistes pour mieux faire front contre la civilisation occidentale, l'homme blanc hétérosexuel, le Juif – ou son synonyme politiquement correct, le « sioniste » – et la religion chrétienne, qu'ils haïssent tous de concert.

Les Américains nous ont appris que « la démographie est le destin » ; et l'ami de Karl Marx, Friedrich Engels, a ajouté : « À partir d'un certain nombre, la quantité devient une qualité. » Le 7 octobre 2023 restera la date où ces mouvements démographiques, intellectuels, idéologiques et politiques, plus ou moins souterrains, ont convergé pour mieux apparaître à la lumière crue de l'Histoire. Pourtant, ce jour-là, plus d'un millier d'Israéliens étaient massacrés, éventrés, émasculés, les femmes violées et assassinées, les enfants coupés en morceaux, parfois jusque dans le ventre de leurs mères, par des commandos djihadistes sanguinaires venus de Gaza. Mais ce pogrom inédit depuis la Seconde Guerre mondiale était aussitôt suivi d'immenses manifestations dans chacune des capitales d'Europe, Londres, Berlin, Milan, Paris, de soutien à la Palestine, étendard rassembleur de la mouvance islamo-gauchiste en gestation depuis des années dans les universités et les banlieues des grandes métropoles occidentales. Le président de la République française refusait de se rendre à un rassemblement contre l'antisémitisme, au nom de « la paix civile » ; j'en déduisis que Macron avait désormais peur de « sa rue arabe ». Le président américain, Joe Biden, fut interpellé et critiqué pour son soutien à Israël. De nombreux électeurs musulmans ou woke boycottèrent les primaires organisées par le Parti démocrate. Dans les universités américaines, comme Harvard et Yale, de même qu'à Sciences Po Paris, les jeunes étudiants, coiffés de keffiehs, paradaient en scandant des slogans antisionistes, voire carrément antisémites, tandis que les dirigeants de ces établissements tardaient à les condamner. Les esprits les plus lucides, de part et d'autre de l'Atlantique, ont compris ce que signifiait cet événement considérable : la fin définitive de l'après-guerre ; la Shoah ne sera plus désormais la référence absolue du malheur de l'humanité et de la culpabilité occidentale ; le Juif est devenu un « Blanc » ; Israël est coupable non seulement d'être un État-nation, mais une puissance « impérialiste et colonialiste » ; les *postcolonial studies* ont atteint leur but : la colonisation est devenue la nouvelle référence suprême du malheur de l'humanité et du « sanglot de l'homme blanc ». Bien sûr, tout cela fait fi de la vérité historique. Ce n'est pas la réalité des événements qui a changé, mais la manière dont ils sont désormais racontés.

C'est ce qu'on appelle un changement de paradigme historique.

5.

L'inversion entre le christianisme d'Occident et celui d'Orient

Le christianisme occidental s'avère plus que jamais désarmé. Peu importe que l'objet change, c'est son sentiment de culpabilité qui le tue, en lui interdisant toute lutte sérieuse contre l'invasion migratoire islamique. Son long compagnonnage avec la gauche, au temps où la question sociale et le sort des ouvriers leur étaient communs, le rend muet face à une même gauche qui privilégie désormais la question raciale ou la théorie du genre. Son universalisme l'empêche de comprendre que l'antiracisme sonne le retour de la race dans le débat politique, et que le wokisme n'est que le bras armé de l'islamisation du continent, qui retourne la défense de la liberté individuelle en liberté d'islamiser l'Europe.

L'Histoire est une sempiternelle revanche. Lors de l'avènement de l'islam, au VIIe siècle de notre ère, le christianisme d'Orient prit de plein fouet les hordes militaires fanatisées par le message de Mahomet. Ce christianisme d'Orient était le christianisme des origines, issu directement du message de Jésus et de l'autorité de l'empereur romain, message pacifiste, ouvert à l'autre, porté par des ermites errants et des moines misérables soumis à une Église théocratique, mal préparés à l'affrontement armé, plaidant pour la concorde et l'entraide universelles, refusant de désigner l'ennemi, même lorsqu'il s'approchait. Tout autre était le christianisme occidental, revigoré par la vitalité guerrière des récents convertis, Francs et autres « Barbares » venus du nord de l'Europe. Pendant des siècles, les farouches seigneurs de l'Occident se moquèrent du christianisme de l'Orient « décadent et féminin » pendant que l'Église d'Orient vitupérait avec saint Basile contre « l'orgueil occidental ». Comme l'écrit Renan à la fin du XIXe siècle :

> Dévoré par le monachisme et la théocratie, l'Empire d'Orient fut comme une proie offerte à l'islam ; le chrétien, en Orient, devint une créature d'ordre inférieur. On arrive de la sorte à ce résultat singulier que les pays qui ont créé le christianisme ont été victimes de leur œuvre.[1]

C'est la croisade lancée par le pape Urbain II qui sauva l'Occident de la menace islamique : après la bataille de Manzikert en 1071, qui vit la défaite des troupes de l'Empire romain d'Orient face aux Turcs, les soldats de l'islam déferlaient déjà sur Constantinople, pressés de se jeter sur les riches terres de l'Ouest européen.

Pendant des siècles, les musulmans s'obstinèrent, mais même lorsqu'ils parvinrent enfin à s'emparer de Constantinople en 1453, ils butèrent sur Vienne (sièges de 1529 et 1683), qui ne tomba jamais.

Dans son éloge de la papauté, Joseph de Maistre ne pouvait pas manquer de lui rendre hommage :

1. *Histoire des origines du christianisme, op. cit.*

> Heureusement la tiare nous a sauvés du croissant. Elle n'a cessé de lui résister, de le combattre, de lui chercher des ennemis, de les réunir, de les animer, de les soudoyer et de les diriger. Si nous sommes libres, savants, et chrétiens, c'est à elle que nous le devons[1].

De nos jours, la situation est à front renversé. Parce qu'ils ont vécu sous la coupe des Ottomans pendant des siècles, tous les peuples de l'Europe orientale ont développé des anticorps qui les font lutter efficacement contre l'invasion islamique.

Tous ces pays, Hongrie, Bulgarie, Grèce, Serbie, Croatie, etc., ne veulent pas entendre parler de la moindre immigration musulmane, quitte à se faire mal voir des institutions européennes, commissions et juridictions communautaires, qui mettent en œuvre une implacable idéologie « immigrationniste » et « sansfrontiériste ». Avec la Pologne, qui, elle, a souffert d'avoir été partagée par ses grands voisins, ils ont compris que la sauvegarde de leur nation

1. Joseph de Maistre, *Du pape*, Nabu Press, 2011, livre IV, chapitre 7.

passait par la défense de leur identité, fondée sur la cohérence ethnique de leur peuple et la préservation des formes culturelles léguées par leur lointain passé. On pourrait en dire autant d'Israël. Cette ressemblance n'est pas due au hasard. Si on en croit Milan Kundera, dans son bref mais brillant texte consacré à l'*Occident kidnappé*[1], le nationalisme juif est né sur ces mêmes terres de l'Europe orientale, où les « petites nations », tchèque, slovaque, polonaise, bulgare, roumaine, croate, serbe, ou grecque, emprisonnées au sein des grands empires transnationaux, qu'ils soient autrichien, russe ou ottoman, ont appris, contrairement à leurs grandes sœurs occidentales, qu'une nation peut être longtemps asservie, qu'une nation peut voir son identité bafouée, niée, écrasée durant des siècles, qu'une nation peut mourir.

> Qu'est-ce que l'Europe centrale ? La zone incertaine de petites nations entre la Russie et l'Allemagne. Je souligne les mots : petite nation... La petite nation est celle dont

1. Milan Kundera, *Un Occident kidnappé*, Gallimard, 2021.

> l'existence peut être à n'importe quel moment mise en question, qui peut disparaître et qui le sait. Un Français, un Russe, un Anglais n'ont pas l'habitude de se poser des questions sur la survie de leur nation. Leurs hymnes ne parlent que de grandeur et d'éternité. Or, l'hymne polonais commence par ces vers : « La Pologne n'a pas encore péri... »[1]

Parce qu'elles n'ont jamais vécu sous le joug islamique, les élites occidentales sont d'une ingénuité coupable. Elles prennent pour argent comptant les discours mielleux sur « les trois religions du Livre », récit islamique forgé pour dissimuler les méthodes discriminatoires qui ont toujours été à l'œuvre lorsque l'islam a dominé les populations juives et chrétiennes. Les mêmes élites occidentales ont avalé avec une rare crédulité le discours fallacieux de nombreux historiens et journalistes sur « l'Europe, terre d'immigration » depuis mille ans, alors que, si on en croit Marc Bloch, spécialiste du Moyen Âge, dans son livre *La Société féodale*[2], la grande chance de l'Europe occidentale

1. *Ibid.*
2. Marc Bloch, *La Société féodale*, Albin Michel, 1994.

fut précisément l'absence totale d'immigration venue de l'extérieur, entre le IXe siècle, fin des grandes invasions des Normands et des sarrasins, et le XIXe siècle, début de la révolution industrielle.

Selon le grand historien et résistant français durant la Seconde Guerre mondiale, l'événement le plus considérable à partir du IXe siècle fut, en effet

> l'arrêt des invasions. Jusque-là, ces ravages par des hordes venues du dehors et ces grands remuements de peuples avaient véritablement donné leur trame à l'histoire de l'Occident comme à celle du reste du monde. Dorénavant, l'Occident en sera exempt. À la différence, ou peu s'en faut, du reste du monde... Il y aura certes des discordes ; mais en vase clos. D'où la possibilité d'une évolution culturelle et sociale beaucoup plus régulière, sans la brisure d'aucune attaque extérieure ni d'aucun afflux humain étranger. Voyez par contraste... l'Europe orientale, foulée, jusqu'aux temps modernes, par les peuples de la steppe et les Turcs... Il n'est pas interdit de penser que cette extraordinaire immunité, dont nous n'avons guère partagé le privilège qu'avec le

> Japon, fut un des facteurs fondamentaux de la civilisation européenne, au sens profond, au sens juste du mot[1].

Mais, à partir des années 1970-1980, le discours porté par toutes les autorités du monde occidental, autorités économiques, politiques, médiatiques, universitaires, culturelles et religieuses, fut à l'exact inverse de cette réalité historique. On nous raconta l'histoire d'un pays, la France, et d'un continent, l'Europe, qui auraient été une « terre d'immigration » de toute éternité. On aurait pu rétorquer que même l'immigration, nécessitée par la révolution industrielle du XIXe siècle, ne concerna jusqu'aux années 1960 que des Européens allant chez d'autres Européens, Belges, Italiens, Espagnols, Polonais, Russes, Juifs, travaillant en France, puis en Allemagne ou en Grande-Bretagne, et bien sûr aux États-Unis, et dont la trame culturelle et religieuse était la même, issue des « formes » catholiques dont parle Fukuyama.

Je l'ai dit, la manière dont est raconté un événement historique est plus déterminante

1. Marc Bloch, *ibid.*

que l'événement lui-même. Et c'est ainsi que les habitants de l'Europe furent convaincus d'avoir toujours été une « terre d'immigration » et ne se révoltèrent pas contre l'invasion islamique qu'on leur imposait. Comme disait l'ancien président du Sénégal, Léopold Sédar Senghor, à ses pairs africains qui se plaignaient du colonisateur français : « Pour être colonisé, il faut être colonisable. »

Comme souvent, notre avenir est écrit dans le passé. Soit le christianisme occidental continue d'imiter, mille ans après, le christianisme oriental, et il tombera sous le joug islamique, quelle que soit la forme politique que prendra cette tutelle. Soit, au contraire, il s'inspirera des leçons qu'ont tirées ces pays d'Europe centrale de leur passé sous domination ottomane ainsi que de leur existence précaire de « petite nation », et ils se réveilleront enfin de leur mauvaise conscience et de leur sentiment de culpabilité.

Nous vivons sur notre sol ce que Samuel Huntington a appelé un « clash des civilisations ». L'intellectuel américain n'avait d'ailleurs fait que mettre au goût du jour celui d'un monde enfin débarrassé de la guerre froide après la chute de l'URSS en 1991, une vieille constatation faite par les plus grands historiens européens. Le Britannique Arnold Toynbee nous avait appris que, sous la glace de la guerre froide, avaient été congelées les anciennes rivalités entre les grandes civilisations de l'humanité ; et que toutes celles qui avaient été vaincues par la supériorité technologique occidentale, colonisées et humiliées, les chinoise et islamique, ou encore hindoue, ne rêvaient que de revanche.

De même, l'historien français René Grousset, spécialiste des croisades et de l'histoire de l'Orient, rappelait dans tous ses ouvrages que l'affrontement entre l'Occident et l'Orient est un des fils rouges de l'histoire du monde, qu'il n'a jamais cessé depuis les grandes conquêtes d'Alexandre le Grand qui porta ses armées jusqu'à l'Indus ; depuis le VIIe siècle, c'est l'islam qui déploie et incarne l'étendard d'un Orient toujours en quête de revanche contre l'Occident.

Mais l'Église ne veut rien entendre. Avec à sa tête, jusqu'à sa mort il y a quelques mois, un pape « pacifiste », comme on l'était lors des années 1930, elle s'est perdue dans une quête inlassable de complaisance et de compromis, et s'est obstinée à appeler ami ce qu'elle devrait reconnaître comme ennemi.

De concession en concession, il est fait une place de plus en grande dans le paysage urbain de l'Occident, et donc dans l'imaginaire des populations européennes, à la religion islamique. Et donc à la civilisation islamique. De plus en plus de mosquées, d'écoles coraniques, de boutiques halal, de nourriture halal, de femmes voilées, d'hommes en qamis. Pour reprendre une fois encore la terminologie de Fukuyama, les formes islamiques imprègnent peu à peu l'espace européen, tandis que les formes chrétiennes s'effacent et disparaissent.

En France, de nombreuses églises sont brûlées, vandalisées, pillées dans l'indifférence générale. En revanche, si la moindre mosquée, la moindre synagogue, sont simplement taguées avec des mots insultants, c'est l'émotion générale, les autorités médiatiques, politiques, voire les représentants de l'État, sans oublier les autorités religieuses chrétiennes et juives, s'émeuvent, manifestent dans la rue. Seul l'incendie de la cathédrale Notre-Dame de

Paris a suscité une immense et intense émotion planétaire. Certains esprits y ont vu un avertissement divin, annonçant la fin de l'Europe chrétienne.

Quoi qu'il en soit, l'avenir de la chrétienté en Europe s'écrit en lettres de feu dans ce XXIe siècle de tous les dangers : des Européens de moins en moins chrétiens et de moins en moins nombreux, noyés au milieu de musulmans de plus en plus nombreux et de plus en plus musulmans.

6.

La grande alliance pour sauver la chrétienté

J'ai pu observer, au cours de ma campagne présidentielle de 2022, un phénomène qui m'a cependant rempli d'espoir. Un espoir naissant, mais réel. Au cours de mes meetings, je voyais que se côtoyaient amicalement jeunes (et moins jeunes) Juifs et catholiques.

Cette fraternité n'était pas évidente. Depuis les années 1970 et 1980, toute une jeunesse juive, qui n'avait pas connu la Seconde Guerre mondiale, ressassait sa rancœur à l'égard des populations françaises et européennes, accusées d'avoir été complices, au moins passives, pour ne pas dire actives, de la Shoah subie par leurs aînés. L'antisémitisme du monde occidental et chrétien était systématiquement dénoncé et déploré dans les réunions, les articles, les livres, de l'intelligentsia juive d'Occident de ces années-là. Les jeunes Juifs de gauche étaient alors à la pointe des mouvements antiracistes qui défendaient avec vigueur les immigrés contre le « racisme » consubstantiel à la France et à tout l'Occident. « Qui touche un Arabe, touche un Juif » était alors un des slogans préférés de SOS Racisme.

Ce temps est révolu. Je suis plutôt fier d'en avoir été un des vecteurs principaux dans mon pays, alors même que les institutions juives me couvraient d'injures, et s'en tenaient à l'ancien discours « antiraciste ». Mais la jeunesse juive, qui avait souvent grandi en banlieue et côtoyé les jeunes Maghrébins, refusait désormais de tomber dans ce panneau. La présence réelle de populations musulmanes de plus en plus nombreuses en Europe a peu à peu dissipé le mythe soigneusement entretenu dans les années d'après-guerre, autour de « Al Andalus » – l'Andalousie sous domination musulmane du VIIIe au XVe siècle – et la prétendue douceur de vivre et coexistence harmonieuse qui régnaient alors entre les « trois religions du Livre ».

Contrairement à ce que répètent les commentateurs médiatiques et les politiques, ce n'est pas le conflit israélo-palestinien qui a été importé en France et en Europe, mais, au contraire, la violence antijuive de nombreux jeunes musulmans, ici, qui a donné un nouvel éclairage à la guerre là-bas.

Certains historiens ont alors osé rappeler les discriminations et les persécutions que subirent les Juifs et les chrétiens dans l'al-Andalus musulmane et dans le monde arabo-musulman, pendant des siècles, avant que les puissances européennes du XIXe siècle ne fissent pression sur leurs dirigeants – l'Empire ottoman abroge le statut de dhimmi pour les Juifs et les chrétiens par les réformes des Tanzimat de 1839 et 1856 – pour qu'ils abolissent ces règles discriminatoires séculaires.

J'ai eu la satisfaction de constater que mon discours de défense de l'identité « judéo-chrétienne » de l'Europe – pour parler comme Ernest Renan – fut concrétisé dans les urnes. Si on en croit l'étude remarquable de Jérôme

Fourquet dans son ouvrage *La France d'après*[1], j'ai obtenu, le 10 avril 2022, au premier tour de l'élection présidentielle :

> Des scores autour de 20 % dans les arrondissements parisiens à forte présence juive, du 16e et 17e arrondissement de Paris. En banlieue, la commune de Sarcelles présente de forts contrastes avec un vote Zemmour oscillant entre 35 % et 39 % dans les bureaux 21, 22 et 23 dans lesquels votent les habitants du quartier que l'on appelle la « petite Jérusalem ». [...]
>
> La frange conservatrice du catholicisme français a trouvé en Éric Zemmour son nouveau héraut. Le candidat de Reconquête vira ainsi en tête avec 38 % des voix à Fontgombault, petite commune de l'Indre abritant une abbaye traditionaliste ; au Barroux, dans le Vaucluse, avec 28,7 % des voix où est également située une abbaye traditionaliste, ou bien encore à Flavigny-sur-Ozerain (Côte-d'Or) où la présence de l'abbaye Saint-Joseph de Clairval ne fut sans doute pas étrangère aux 23 % enregistrés par Éric Zemmour. Ce

1. Seuil, 2023.

tropisme ne s'observe pas uniquement parmi les gens d'Église mais également chez une partie des fidèles puisque selon un sondage Ifop pour *La Croix*, 11 % des catholiques pratiquants et 16 % des pratiquants réguliers votèrent pour Zemmour.

Un ami catholique m'a dit, goguenard : « Avec cette alliance entre les Juifs et les cathos tradis, tu as mis un terme à plus d'un siècle d'histoire politique de la France ! » Depuis l'affaire Dreyfus, à la fin du XIXe siècle, les israélites s'étaient alliés avec les protestants derrière une République radicale franc-maçonne qui avait fait du combat contre l'Église le cœur de son projet politique. À l'époque, un président du Conseil, Waldeck-Rousseau, n'hésitait pas à faire des « Juifs et des protestants les piliers de la République ». En face, tous les défenseurs de l'influence de l'Église et d'une France traditionnelle dénonçaient avec Charles Maurras « l'anti-France » des « quatre États confédérés, juif, protestant, franc-maçon, métèque ».

Alors, la défense d'une identité catholique avait dû céder devant une philosophie laïque et individualiste, où les minorités juives et protestantes prirent toutes leur part. « Ensemble, d'un geste magnifique, nous avons éteint dans le ciel des lumières qu'on ne rallumera plus », triomphait le socialiste René Viviani après le vote de la loi de 1905 qui séparait les églises de l'État.

Ce même combat a repris, avec les mêmes acteurs dans les mêmes rôles, au cours des années 1980, autour du combat « antiraciste ».

On voit bien aujourd'hui que ce théâtre antiraciste n'attire plus les foules, en tout cas les foules juives et catholiques. De plus en plus de Juifs et de plus en plus de catholiques ont pris conscience que seule leur alliance peut sauver la France et l'Europe d'une inéluctable et funeste islamisation. Ils ont compris qu'ils étaient liés par la même menace, celle que résume le fameux proverbe arabe : « Après le samedi, vient le dimanche. »

Je parle bien d'une lutte contre l'islamisation, et non contre tous les musulmans. Ce n'est pas là rhétorique prudente. Des personnalités musulmanes, venues d'Algérie, comme les écrivains Kamel Daoud ou Boualem Sansal, sans oublier des réfugiés iraniens qui ont fui le régime islamique de Téhéran, et bien d'autres anonymes – Libanais survivants de la guerre civile, Algériens qui ont échappé aux milices du GIA pendant les années 1990, ou musulmans maghrébins ou africains qui apprécient le mode de vie laïque à la française, respectueux de la liberté individuelle – rejoindront ce combat pour l'identité française. Ils savent, eux, que seule une France française, c'est-à-dire à la fois chrétienne et laïque, peut les protéger de la pression familiale et communautaire qui les somme, non sans violence, d'être de « bons musulmans » et non pas des « sales Français ». Malheureusement, une grande partie de la jeunesse musulmane, née en France mais biberonnée, depuis sa plus tendre enfance, à la haine de soi française et à la culture du ressentiment colonial par l'école de la République et les médias de gauche, ne semble pas partager ce combat pour l'identité française.

Le clivage se situe aussi au milieu des catholiques français et européens. Les uns se sont engagés résolument dans la lutte pour l'identité de la France et de l'Europe, liant foi catholique et civilisation chrétienne. D'autres refusent de voir dans leur foi « une identité », même française et européenne, et s'accrochent aux plis d'une Église universelle (*Katholicos*) et à son message humaniste.

Le journal *La Croix* et l'Église de France campent sur cette position depuis 1945.

> Nous touchons là au paradoxe qui est le propre de la religion catholique, notait Barrès dans ses *Cahiers*. Une religion, c'est avant tout le lien qui relie les vivants aux morts. C'est une tradition. Qui dit tradition dit chose locale, nationale. La terre et les morts, voilà ce qu'il y a dans la religion. Mais le catholicisme, c'est (le mot le dit) un cosmopolitisme. Il y a donc là une double force de vie, force centripète, force centrifuge. L'une et l'autre doivent exister. Il y a un équilibre.

Équilibre fort difficile à trouver. Hier comme aujourd'hui. Les deux tendances se sont toujours affrontées. Au XVIIe siècle, dans la France du Roi-Soleil, le pacifiste Fénelon, évêque de Cambrai, qui reprochait à Louis XIV son goût excessif pour la guerre, le faisait déjà au nom d'un universalisme qu'on croirait contemporain : « Chacun doit infiniment plus au genre humain, qui est la grande patrie, qu'à la patrie particulière dans laquelle il est né. » Pacifisme humaniste et universaliste auquel répondait Bossuet, évêque de Meaux, qui, lui, défendait la « grande politique » de son cher monarque, avec des accents patriotiques qui n'avaient pas attendu les révolutionnaires de 1789. À l'époque, Fénelon perdit la bataille, exilé qu'il fut sur ses terres du Nord, mais gagna la guerre des cœurs et des idées, puisqu'il influença durablement les esprits de la cour, jusqu'aux héritiers du grand roi qui, du duc de Bourgogne à Louis XV et à Louis XVI, firent du discours pacifiste et universaliste de l'évêque de Beauvais la nouvelle référence morale et intellectuelle de la monarchie française.

On a encore entendu l'écho de cette dialectique millénaire, quelques jours avant la mort du pape François, dans son dialogue de sourds avec le vice-président des États-Unis, J. D. Vance, qui invoquait l'« *ordo amoris* », l'amour ordonné du prochain, de saint Augustin, tandis que le souverain pontife, quoique moribond, avait encore la force de lui répliquer que : « L'amour chrétien n'est pas une expansion concentrique d'intérêts s'étendant peu à peu à d'autres personnes et groupes. »

C'est la sempiternelle querelle qui divise le christianisme depuis l'origine. Identité ou universalisme ? Une loi ou une foi ? Pierre (et Jacques) ou Paul ? Judéo-chrétien ou ami des gentils ?

On se souvient que l'universalisme humaniste de Paul a permis à la petite secte des adorateurs de Jésus de conquérir le monde romain sans armes, en quelques siècles seulement. Or cette fois-ci, il ne s'agit pas de conquérir, mais de sauver. Pas d'attaquer, mais de défendre. Pas de gagner les cœurs, mais de sauvegarder les âmes. Après tout, saint Paul lui-même, l'homme des grandes ambitions et des grandes perspectives, ne méconnaît pas les nécessités de la protection de sa famille et de sa nation : « Si quelqu'un ne prend pas soin des siens, et en particulier de ceux de sa maison, il a renié la foi et il est pire qu'un infidèle. » Un pays ressemble beaucoup à une famille.

Ne nous trompons pas : nous sommes à Verdun, pas sur le pont d'Arcole. À la guerre, une erreur stratégique de cette ampleur peut être mortelle. C'est parce que les généraux français avaient voulu renouer en 1914 avec le génie offensif des armées de Bonaparte, alors même que les soldats allemands possédaient désormais des mitrailleuses qu'on ne connaissait pas à l'époque de la Grande Armée, que nos pauvres poilus subirent la pire hécatombe de l'histoire des guerres de la France. Et c'est parce que, en revanche, deux ans plus tard, notre État-major avait enfin compris les nouvelles conditions de la guerre moderne, que les Français, solidement campés dans leurs tranchées, résistèrent victorieusement à l'avalanche de feu allemand.

De même, pour survivre, la chrétienté européenne doit accomplir une semblable révolution culturelle. Des évêques aux fidèles, tous doivent comprendre que l'humanisme abâtardi en humanitarisme et l'universalisme abâtardi en mondialisme nous tuent. Ils font le lit de l'islamisation de l'Europe et de la destruction du christianisme d'Europe, conduisant en quelques décennies à une inéluctable minoration démographique, qui entraînera une marginalisation culturelle et une soumission politique. Les peuples chrétiens d'Europe deviendront minoritaires sur leur propre sol :

c'est le destin qui les guette s'ils refusent de renoncer à leur ingénuité universaliste. S'ils refusent de défendre dans le christianisme une identité, une culture, une civilisation. S'ils refusent de préserver les fameuses formes chrétiennes qui ont fait l'Europe et les imposer à tous ceux qui vivent sur le continent européen. S'ils s'avèrent incapables de renouer avec leur vigueur, leur intrépidité, leur courage passé, à peine tempérés par les « paix de Dieu » et le message charitable des Évangiles imposés par l'Église, dans une sorte de catholicisme viril du Moyen Âge.

Les chrétiens ne sont pas les seuls à devoir accomplir une révolution copernicienne. Les Juifs doivent poursuivre la leur, c'est-à-dire renoncer à leurs réflexes séculaires de minorités assiégées qui ne jurent que par la défense de la liberté individuelle, afin de se protéger des éventuelles tentations tyranniques de la majorité. Hannah Arendt expliquait que les Juifs, chassés par les Romains de leur terre d'origine, en 70 après J.-C., n'avaient jamais subi depuis lors les disciplines de l'État-nation et de la raison d'État. Il faut reconnaître que l'existence d'Israël depuis 1948 – et l'exemple qu'il donne à toutes les communautés juives de diaspora – corrige à une vitesse folle cette inexpérience historique. C'est notamment ce qui explique, selon moi, le « virage à droite » de toutes les diasporas juives, en particulier celles de France et des États-Unis, dans le prolongement de la « droitisation » de la société israélienne, sous l'influence démographique des Séfarades, qui ont marginalisé la gauche travailliste et l'establishment ashkénaze, auxquels on devait la fondation de l'État. Cela n'était pas évident. En France même, au cours des années 1980, la principale « communauté juive » d'Europe avait vu ses représentants institutionnels et ses élites intellectuelles et artistiques être pris d'un grand vertige idéologique : on s'éloigna des rives de l'israélitisme français ; on parla avec emphase de « Juifs de France », et non plus de « Français de confession juive », comme si la France était un simple territoire où on résidait, et non plus un peuple et une nation dont on faisait partie ; le Conseil représentatif des institutions juives de France, le CRIF, se donna des allures de lobby à l'américaine, défendit sans vergogne les intérêts d'une

« communauté », rassembla lors de ses dîners annuels la fine fleur du gouvernement et de la classe politique, pour les féliciter ou les tancer selon leur proximité avec Israël et décerna avec morgue des brevets de « républicanisme » ; des intellectuels juifs de gauche affichèrent leur horreur de « la baguette, du béret, et toute franchouillardise », comme l'écrirait un éditorialiste du journal *Globe*. La gauche et les intellectuels juifs embarquèrent, bon gré mal gré, leurs coreligionnaires dans cette dérive idéologique cosmopolite et antipatriotique. Je ne regrette pas d'avoir été parmi les rares qui ont fait entendre une voix discordante, même si cela m'a valu la vindicte, voire la haine, des plus fanatiques.

Depuis quelques années, pourtant, les esprits semblent être dégrisés et le fleuve israélite rentre peu à peu dans son lit, celui qui a pris sa source dans la phrase bien connue du discours du comte de Clermont-Tonnerre devant l'Assemblée constituante en décembre 1789 : « Il faut tout refuser aux Juifs comme nation, et accorder tout aux Juifs comme individus. »

On l'a oublié, mais cette phrase n'avait rien d'évident pour les trente mille Juifs qui vivaient à l'époque sur le sol français. On l'a vu plus haut, le judaïsme, comme l'islam d'ailleurs, est de ces orthopraxies qui enserrent l'individu dans un cadre juridico-religieux des plus contraignants. Le judaïsme des origines ne connaît pas encore – et pour cause – la grande révolution individualiste et spiritualiste que nous avons décrite précédemment. Le judaïsme des origines n'était pas compatible avec la France ni avec la République. D'ailleurs, après sa fameuse phrase toujours citée, Clermont-Tonnerre ajoutait, menaçant : « Il faut qu'ils [les Juifs] soient citoyens. On prétend qu'ils ne veulent pas l'être. Qu'ils le disent et qu'on les bannisse ! Il ne peut y avoir une nation dans une nation... »

En quelque sorte, il a fallu que les Juifs « christianisent » leur conception de la religion. Et c'est l'État français, incarné par la main de fer de Napoléon, qui les a contraints à cette mutation. C'est Napoléon qui a forgé de toutes pièces un clergé juif hiérarchisé sur le modèle de l'Église. Et c'est le même Napoléon qui a imposé le respect des libertés individuelles dans le fonctionnement communautaire. Ce qui ne signifie pas, bien sûr, qu'ils ont dû se convertir au catholicisme, mais que, dans leur approche de la religion, ils ont dû s'imprégner de cet individualisme moderne, à la fois spiritualiste et intériorisé, qui respecte les choix de chacun dans son approche de Dieu, de la Foi, et de la Loi. Mais, en échange, la République française émancipa les Juifs, en fit des citoyens égaux aux autres Français, avec les mêmes droits et les mêmes devoirs. Le jeu en valait largement la chandelle, ont-ils alors estimé.

C'est ce même chemin que doivent emprunter les musulmans s'ils veulent vraiment s'assimiler à leur pays d'accueil.

Nous avons vu plus haut pourquoi la tâche est ardue : l'islam a combattu depuis le début cette révolution individualiste qu'a accomplie le christianisme. Pas étonnant qu'il soit l'exact opposé de la trinité républicaine : Liberté, Égalité, Fraternité. L'islam est en effet la religion de la soumission (à Dieu), des inégalités (avec les femmes, les infidèles, les esclaves), et où la fraternité ne concerne que les autres musulmans à travers le monde.

L'islam est donc « incompatible avec la République française » comme il l'est avec les valeurs de tous les pays démocratiques d'Europe chrétienne. En revanche, les musulmans, comme les Juifs le firent en leur temps, peuvent et doivent faire leur mue individualiste et spiritualiste. Et c'est à l'État – et non à eux-mêmes comme on l'entend trop souvent dans la bouche de lâches politiciens français – de les y contraindre. Qu'on me comprenne bien : ce n'est pas l'islam que je souhaite réformer ; je n'ambitionne nullement le rôle de Luther de la religion de Mahomet ; c'est seulement pour la France et pour les musulmans français que j'invite à cette mue indispensable.

On retrouve l'essence même de la phrase du comte de Clermont-Tonnerre qu'il faudrait rappeler sans cesse aux musulmans, en particulier aux jeunes, qui ont tendance à considérer que leur identité est d'abord islamique, et que la loi suprême est la charia.

Seuls les musulmans qui acceptent cette loi d'airain pourront rester chez nous ; les autres devront rentrer chez eux : pour vivre selon la loi islamique dans toute sa rigueur et toute sa plénitude, il y a plus de cinquante pays musulmans dans le monde.

On croit trop souvent en France que la défense de la laïcité est l'alpha et l'oméga de cette politique d'« intégration ». C'est pourtant insuffisant. La laïcité fut le moyen utilisé par la République pour lutter contre l'influence de l'Église au sein de la société française, dans un pays que l'Église avait façonné pendant mille ans. Or, il n'y a pas d'Église en islam, et la religion de Mahomet fut étrangère, voire adversaire de la France pendant l'essentiel de son histoire.

Les règles de la séparation des Églises et de l'État, dans la fameuse loi de 1905, limitent juridiquement la capacité de l'État à contraindre les cultes. Même Napoléon n'aurait pas aujourd'hui les mains aussi libres qu'il les avait dans le régime concordataire.

La seule solution est d'appliquer la laïcité dans toute sa rigueur, toute la laïcité à la française, celle qui prévoit un « devoir de discrétion dans l'espace public », et qui doit donc interdire tout signe religieux, comme le voile, non seulement à l'école, mais aussi à l'université, au travail, dans la rue même.

Mais ce n'est pas le seul sujet à évoquer. Pour mieux combattre l'influence de l'Église, la Révolution française avait imposé que le mariage civil fût toujours célébré avant la cérémonie religieuse. Napoléon fit exécuter cette règle avec rigueur, n'hésitant pas à jeter en prison les prêtres qui osaient passer avant le maire. Aujourd'hui, de nombreux mariages entre musulmans sont célébrés par l'imam, avant même de se présenter devant M. le maire. Bien des musulmans ignorent ce passage en mairie, renouant même pour certains avec la polygamie, pourtant interdite en France, et profitant ainsi des allocations abondantes prévues par notre système social en faveur des « mères célibataires ». Nous ne devons pas hésiter à renouer dans cette affaire des mariages avec une rigueur toute napoléonienne.

Au XIXe siècle, la laïcité fut une arme de guerre contre l'Église ; elle doit aujourd'hui devenir une alliée dans la sauvegarde de l'identité chrétienne des pays d'Europe. On en revient toujours au respect des « formes » chrétiennes qui ont façonné la France et l'Europe.

Au XIXe siècle, les synagogues et les temples protestants devaient être édifiés derrière des façades d'immeubles. Ainsi, la France est-elle demeurée visuellement, à cette époque-là, le pays au « blanc manteau d'églises », alors même que les cultes protestant et juif étaient tout à fait libres et reconnus. Il nous faut retrouver cette inspiration en interdisant la construction de « mosquées cathédrales ».

Doit-on rappeler que, dans certaines villes allemandes et britanniques, l'appel du muezzin est entendu librement ? Comment mieux accepter la colonisation culturelle de ces pays par la civilisation islamique ? Dans la tradition islamique, toute terre sur laquelle est édifiée une mosquée est considérée aussitôt comme « terre d'Islam ». Acquise au culte et donc à la civilisation musulmane. Occupée. Colonisée.

Dans un tout autre registre, la multiplication des prénoms musulmans, qui ne sont rien d'autre, comme le disaient naguère les fonctionnaires français, que « des prénoms coraniques », supplante, au rythme effréné de la démographie des immigrés arabo-musulmans – autour de 3,5 enfants par femme maghrébine ou turque contre 1,6 enfant par femme en moyenne pour les Françaises –, les prénoms issus de la tradition chrétienne. Personne ne rappelle qu'au Maghreb, en Algérie, mais aussi au Maroc ou en Tunisie l'usage des prénoms étrangers à la tradition coranique est interdit aux habitants de ces pays. Au nom de quoi ne pouvons-nous pas appliquer la même règle ? Au nom de quoi avons-nous abandonné en France cette exigence qui avait été édictée par une loi de Bonaparte lorsqu'il était encore le Premier consul de la République française ?

Lors de l'épidémie de la Covid-19, les dirigeants des pays occidentaux n'ont pas hésité à fermer les frontières et à interdire à leurs habitants de sortir de chez eux. On ne peut pas imaginer plus grande contrainte, et une liberté individuelle plus sacrée que celle d'aller et venir. Mais nos gouvernants l'ont fait, car ils estimaient qu'il en allait de la santé de chacun, voire de la vie de chacun. Si la Covid-19 menaçait le corps des Français et des Européens, l'islamisation menace leur âme.

Bien sûr, ces règles sont contraignantes et empiètent sur la liberté individuelle de chacun. Et j'entends déjà les grands médias, français et occidentaux, crier à la France liberticide, comme ils le font chaque fois que les politiques français osent prendre des mesures courageuses, bien qu'insuffisantes, comme l'interdiction du voile à l'école ou de l'abaya.

Les Américains et certains de nos voisins européens ont bien tort de s'en prendre à la « laïcité à la française ». Elle est un fragile et insuffisant rempart contre l'islamisation de notre pays.

Nous avons depuis trop longtemps cru qu'on défendait la liberté individuelle en oubliant la survie de nos pays et la pérennité de notre identité culturelle. Si celle-ci s'effondre et disparaît de nos contrées, c'est justement cette liberté individuelle qui disparaîtra avec elle, car elle en est le produit.

Les sociétés occidentales sont parvenues désormais aux ultimes développements de cet individualisme né et grandi dans leur giron. Elles sont devenues des rassemblements anomiques de nomades qui se veulent sans liens ni racines, sans Dieu ni maître, produits de leurs seules œuvres et de leur seule fantaisie, sans passé ni histoire. Aucune société ne peut survivre dans ces conditions. Les sociétés d'individus occidentaux n'acceptent plus d'autorité ni de hiérarchie, ne connaissent plus aucune appartenance, ni celle à un peuple, ni celle à une nation. Cet individualisme narcissique et nihiliste doit s'amender et se corriger avant qu'il ne soit trop tard, investi et menacé qu'il est par une religion-civilisation qui instrumentalise cette sacralisation anarchisante de l'individu, de sa liberté et de ses droits, pour imposer peu à peu sa société clanique et tribale, sous la férule autoritaire et brutale de son Dieu et de son Prophète. Nous devons changer parce que la situation a changé. Nous devons réévaluer les principes de notre sacro-saint « État de droit », parce qu'il y va de la survie de notre pays et de notre civilisation. Quelques mois seulement avant de renverser Louis-Philippe, lors de la Révolution de 1848, Lamartine avait écrit dans l'*Histoire des Girondins*[1] : « Chaque fois qu'une théorie est contraire au salut de la société, c'est que cette théorie est fausse, car la société est la vérité suprême. »

Maurice Barrès avait prévu les conséquences tragiques de la déchristianisation de la France, alors imposée avec entrain par la gauche républicaine :

1. Bouquins, 2014.

> Le catholicisme a ceci d'excellent chez nous qu'il est tamisé, édulcoré, filtré par des siècles de culture spirituelle, et qu'il nous en reste juste assez pour satisfaire aux besoins religieux de l'homme, sans provoquer chez lui d'exaltation fanatique... Supprimez le catholicisme, et voici qu'une religion nouvelle va devenir nécessaire ; elle sera plus âpre, plus dogmatique, plus intolérante[1]...

À l'époque, Barrès est convaincu, à juste titre, qu'une religion « plus âpre, plus dogmatique, plus intolérante » succédera au catholicisme et prendra la couleur rouge vif de la « religion socialiste » qui, avec la Révolution russe de 1917, va en effet encaserner une partie de la planète. Au XXIe siècle, le totalitarisme rouge a laissé la place au totalitarisme vert, le socialisme à l'islam : « L'islam est la plus complète négation de l'Europe ; l'islam est le fanatisme », avait prévenu Ernest Renan.

1. Interview dans *Le Matin*, 7 février 1907.

7.

Rechristianisation de l'Europe

J'entends souvent dire, même par certains de mes amis, que tout cela sera vain sans un regain de la foi chrétienne en Europe. On en revient à un nouveau Bernanos qui dirait : les Européens ne sont plus chrétiens, ils ne méritent plus de vivre. Alors, qu'ils soient voués à l'islamisation ou au wokisme, peu importe. « Qu'ils crèvent ! » aurait-il conclu.

Ce thème de la rechristianisation des populations déchristianisées agite l'Europe, et d'abord la France, depuis la Révolution française et les bouleversements qui ont accompagné le continent à la suite des soldats de la Grande Armée napoléonienne. Quand Chateaubriand publie son *Génie du christianisme* en 1802, il évoque déjà – et il n'est pas le seul – la perspective tragique de la disparition du catholicisme en France. Il ne s'agit pas ici de refaire l'histoire mouvementée de cette lutte acharnée entre ce qu'on appelait les « forces de progrès » et les « réactionnaires ». Avec le recul que nous donne le temps, on peut dire que rien n'a vraiment marché, ni la brutalité, ni la douceur, ni la répression, ni la mansuétude, ni la pure réaction, ni la démocratie chrétienne, ni la Terreur blanche, ni l'Union sacrée, ni *Rerum novarum*, ni le toast républicain du cardinal Lavigerie, ni la loi Falloux, ni les prêtres-ouvriers, ni Charles Maurras, ni Marc Sangnier, ni Vichy, ni Vatican II. Ces vagues finirent toujours par mourir sur la plage de l'incroyance et de la désaffiliation.

Pourtant, si on observe de près la France, qui fut à la pointe de ce mouvement européen de déchristianisation, depuis les Lumières, autour de Voltaire et des philosophes, il y eut des phases de rechristianisation fervente et populaire après 1815 et 1870, chaque fois que la France semblait payer durement par des défaites militaires de plus en plus lourdes ses audaces blasphématoires. Les églises se remplissaient de nouveau, de grands écrivains affichaient avec ostentation leur foi catholique, l'État favorisait l'Église à l'école et dans les universités.

Un frémissement de cet ordre agite aujourd'hui notre vieille terre chrétienne d'Occident : les messes de rite traditionnel font le plein ; les évangéliques renouent avec le côté festif et liturgique du christianisme des origines, pour le plus grand plaisir d'assemblées de fidèles joyeux et enthousiastes ; le romancier français le plus célèbre, Michel Houellebecq, combat une législation autorisant l'euthanasie et clame sa quête de Dieu ; les Journées mondiales de la jeunesse (JMJ) connaissent un grand succès populaire... Dans le même temps, les colonnes de jeunes gens pérégrinant sur les chemins ardus et caillouteux qui conduisent à la cathédrale de Chartres le lundi de Pentecôte s'étendent indéfiniment d'année en année : les cinq cent pèlerins de 1983 sont devenus, quarante ans plus tard, près de vingt mille qui proclament haut et fort l'encyclique de Pie XI : « Il faut chercher la paix du Christ par le règne du Christ. » À Lourdes, les églises sont submergées : vingt mille jeunes et adultes se sont fait baptiser à l'occasion du Carême qui préparait à la Pâques 2024 ; les jeunes hommes reviennent peu à peu dans les églises pour se faire baptiser, alors qu'ils avaient depuis des décennies fait place nette aux femmes, ce qui avait fait dire à l'écrivain Joseph Conrad à l'humour très britannique : « Dieu est pour les hommes, mais la religion est pour les femmes. » L'Église catholique de France commence à muer intelligemment en « une contre-société », tenant un contre-discours, refusant le dogme imposé par les lobbys féministes et LGBT et renouant le contact avec des jeunes hommes déboussolés par les coups de boutoir de l'idéologie de genre, alors que ses prêtres avaient, pendant des siècles, entretenu avant tout des relations avec les femmes.

Comme si le « grand remplacement » d'une civilisation par une autre, en cours dans tous les pays d'Occident – catastrophe plus irrémédiable encore qu'une défaite militaire –, associé à l'offensive woke, démolissant sans vergogne les réalités biologiques et anthropologiques les plus profondes, entraînait au sein de la jeunesse occidentale une réaction de survie, un réflexe commandé par la peur de disparaître : Qui suis-je ? Que dois-je défendre ? En quoi crois-je ? En qui puis-je espérer ? Qui peut me sauver ?

Cette jeunesse occidentale est la première depuis deux mille ans à n'avoir reçu aucun héritage religieux, et quasiment aucun héritage culturel. Elle est comme les premiers chrétiens qui, à Rome, ne connaissaient pas Jésus. Ses membres sont les enfants du vide assumé, du vide revendiqué, du vide glorifié. Pas de famille, pas de patrie, pas d'histoire, pas de Dieu, pas de rites, pas d'ancêtres. Ils se retrouvent ainsi démunis de tout, simples monades fabriquées par et pour le plaisir individualiste, confrontées à un monde cruel et violent. Au-dessus d'eux, des adultes qui ne leur transmettent rien ; en face d'eux, une partie de la jeunesse musulmane qui affirme sans complexe, et parfois avec arrogance, voire avec violence, son identité religieuse qui est à la fois une identité culturelle et nationale. Quand ces jeunes-là leur disent : « Nous sommes musulmans », ils veulent leur jeter au visage qu'ils ne sont ni chrétiens ni français. Ils veulent leur signifier qu'ils les détestent parfois, qu'ils les méprisent souvent. Leur affirmation religieuse et nationale s'appuie sur des rites, des coutumes, des règles, des interdits, tout un corpus juridique contraignant, mais aussi une chaleur festive et familiale qu'ils envient souvent, au fond de leur solitude et de leur isolement glacés. Paradoxalement, le monde sans Dieu légué par leurs parents a forgé un monde où la religion n'a jamais été aussi présente. Marcel Gauchet est finalement démenti : « la religion de la sortie de la religion » (le catholicisme) est ramenée à la religion par l'islam.

Ces jeunes gens cherchent tout à la fois : une famille, une identité, une fraternité, une règle, une discipline. Un sens du sacré et un don de soi. Certains se fondent dans les groupes forgés autour de la sociabilité arabo-musulmane, en adoptant l'attitude, la langue, les vêtements, parfois même en se convertissant à la loi d'Allah. C'est le syndrome Ribéry, qui a épousé une femme algérienne et a fait siens sa famille, sa religion, son pays. Les autres trouvent dans le catholicisme tout ce qu'ils cherchaient en même temps : un silence et un bruit, un recueillement et une fraternité, une solitude et un groupe, un arrachement et un enracinement. En France, la violence mimétique du conflit avec la jeunesse musulmane – violence toujours symbolique, identitaire et parfois physique – pousse beaucoup de nos jeunes vers un catholicisme traditionnel, voire traditionaliste. Les messes en latin sont plébiscitées, à Paris comme à Chartres, au grand dam du pape François qui, au contraire de son prédécesseur, a mené une véritable guerre liturgique à la messe en latin. L'ancien élève des jésuites avait bien compris la connotation identitaire et politique de ce rite tridentin d'avant Vatican II, et, en adversaire farouche de l'Europe, et en particulier de la France, qu'il fut, il tenta de contenir ce retour identitaire des jeunes Européens vers leurs racines culturelles. Son successeur, le pape Léon XIV, semble animé d'intentions plus pacifiques et réconciliatrices. Très peu de temps après son élection, il a lancé un appel vibrant à la France pour qu'elle renoue avec ses racines chrétiennes, en rendant hommage à trois saints français : saint Jean Eudes, saint Jean-Marie Vianney, sainte Thérèse de l'Enfant-Jésus. Notre pays n'avait plus l'habitude de ce genre d'hommage venu de Rome. Il est vrai que Léon XIV est américain et que, dans son pays, la montée en puissance d'un catholicisme à la fois conservateur et identitaire est en train de transformer en profondeur les États-Unis.

L'incarnation vibrante en est bien sûr le vice-président de Donald Trump, J. D. Vance. Esprit brillant, qui a connu dans sa jeunesse les affres de la pauvreté et de la déstructuration des familles modernes, Vance s'est rapproché du catholicisme par la lecture du grand intellectuel français René Girard, puis des *Confessions*[1] de saint Augustin. Il incarne avec brio un catholicisme américain qui est en train de supplanter, comme matrice idéologique du pays, un protestantisme liquéfié, qui s'est désintégré, comme nous l'avons vu, dans un wokisme culpabilisateur. 20 % des Américains sont désormais catholiques et l'Église catholique est la première des Églises chrétiennes du pays. La communauté catholique américaine est la quatrième du monde après celle du Brésil et du Mexique. Aux immigrés venus du Mexique et d'Amérique latine, d'Afrique et

1. Books on demand, 2019.

d'Asie, se sont agrégés de nombreux jeunes Américains, sortis des grandes écoles de l'Ivy League, pépinière de professions juridiques. Dans les universités américaines, les classes de conversion et de théologie ne désemplissent plus. Les paroisses universitaires débordent, les forums numériques se multiplient. Ces jeunes Américains veulent une « restauration de la normalité », explique le professeur de droit constitutionnel à Harvard Adrien Vermeule, dans une interview qu'il a accordée au *Figaro.* Une vie normale, une famille normale, un pays normal, un ordre social normal. Six juges de la Cour suprême sont catholiques. 60 % des catholiques blancs votent pour les Républicains. C'est la grande transhumance des minorités (catholiques et juives) des Démocrates vers les Républicains, du progressisme des années 1960 au conservatisme des années 2020. De Kennedy à Trump. Ces jeunes Américains, comme les jeunes Français, se révoltent contre un libéralisme athée et un matérialisme desséchant. Comme les jeunes Français qui cheminent, chapelet à la main, sur la route de Chartres, pour exalter « la royauté du Christ », ils semblent nous dire, à l'instar de Maurice Barrès dans ses *Cahiers* : « Nous préférerons nos âmes à nos inventions. »

Cette génération est la première à oser affronter ses grands-parents – les fameux boomers – avec parfois une hargne qui révèle une immense souffrance – des boomers dont l'hédonisme insouciant et le déracinement militant ont laissé leurs héritiers sans héritage. Certains d'entre eux, emportés par leur rage, associant avec une hâte superficielle libertinage et progressisme, rêvent parfois à haute voix d'un retour à un « ordre moral » pudibond et répressif. Ceux-là se trompent à la fois sur l'histoire de l'Église et du catholicisme et sur la priorité des combats à mener. Ce furent en effet les protestants, luthériens ou calvinistes, comme plus tard les révolutionnaires robespierristes, qui reprochèrent aux catholiques, et en particulier aux prêtres, leurs « mœurs dissolues », ce qui contraignit l'Église accusée à faire assaut d'hypocrite vertu.

Mais n'accablons pas ces jeunes gens. Leur pruderie parfois exaspérante n'est jamais très éloignée d'un romantisme sentimental, ingénu et touchant ; et il me semble surtout le produit d'une vague générationnelle, alimenté tout à la fois par le rejet de la « libération sexuelle » des années 1970, la bigoterie de Tartuffe qui règne souvent dans l'univers islamique et ce puritanisme néo-féministe qui cloue désormais hommes célèbres ou anonymes au pilori médiatico-judiciaire. Et puis, à fréquenter cette jeunesse catholique qui me fait l'honneur de m'accompagner depuis ma campagne présidentielle, j'y vois beaucoup de jeunes couples se former, se marier et procréer de nombreux bambins. Je m'en réjouis. La guerre de civilisations est aussi – et d'abord – une guerre des berceaux. Une civilisation qui ne fait pas d'enfants meurt d'elle-même sans que ses ennemis aient besoin de lui mettre l'épée dans les reins.

Après tout, saint Paul ne disait-il pas : « Là où le péché a abondé, la grâce a surabondé. »

Conclusion

Frémissement qui ne demande qu'à grandir et à s'affermir ou braises qui seront éteintes par la première brise venue ? Effet de mode ou mouvement de fond ? Les baptêmes de jeunes gens pour Pâques ne compensent que partiellement l'effondrement du nombre de baptêmes à la naissance : un jeune Français sur deux était baptisé à sa naissance en 2000 ; un sur trois seulement l'était en 2024. Il me semble que pour comprendre la difficulté de définir ces mouvements autour de la religion chrétienne en Occident, il nous faut revenir à ce qui fait la spécificité de la religion catholique par rapport aux autres credo dans l'Histoire et dans le monde. Dans ses *Considérations sur les causes de la grandeur des Romains et de leur décadence*[1], Montesquieu note, avec son goût du paradoxe, que ce qui a fait la gloire des Romains est justement ce qui a causé leur perte après des siècles de grandeur. On a vu de même que le génie du christianisme résidait dans cette transgression inouïe de la loi, au profit d'une foi en Jésus-Christ. On a évalué les conséquences avec l'invention d'un individu libre, et d'autant plus libre que sa foi était intérieure, quand les rites des autres religions, qu'elles soient polythéistes ou monothéistes, étaient extérieurs et entraînaient un contrôle social rigoureux.

Cet individu à la foi intérieure a conquis le monde. Il a imposé sa supériorité aux autres civilisations. Mais, selon le schéma de Montesquieu, cette révolution chrétienne de l'individu et de son intériorité, qui a fait sa gloire éclatante au temps de son expansion, le rend fragile quand la société tout entière néglige sa grande croyance. Le judaïsme est

1. Montesquieu, *Considérations sur les causes de la grandeur des Romains et de leur décadence*, Classiques Garnier, 2024.

d'abord un peuple, et l'islam, avant tout un code juridique ; ces archaïsmes structurants manquent paradoxalement au christianisme. L'individu est fort quand il a la foi ; on ne peut pas grand-chose pour lui quand il l'a perdue. Rousseau disait que le catholicisme était la pire des religions pour gouverner un peuple, car le pouvoir ne peut sonder les âmes. Il avait tort pour le passé, car l'Église s'avéra un formidable relais de contrôle social au service des États monarchiques européens. Mais il avait raison pour notre époque sans foi. En clair, les autres monothéismes peuvent se passer de la foi, car ils reposent sur une loi, une pratique, un contrôle social de tous sur tous. Le christianisme est perdu quand les fidèles n'ont plus la foi. Pendant des siècles, les masses catholiques ont été tancées pour leurs rituels d'habitude ; on regrette aujourd'hui leur disparition. Les jeunes qui reviennent au catholicisme surprennent souvent les prêtres en réclamant des interdits, des rites, des règles, qu'ils associent sur le modèle musulman (et parfois juif) à toute religion.

Aucun gouvernement, aucun pouvoir, aucun intellectuel, aucun tribunal ne peut imposer à quiconque d'avoir la foi ou de ne pas l'avoir. La bataille pour le christianisme en Europe ne peut pas être seulement une bataille pour la foi. Il faut défendre le legs du christianisme en Europe, ces « formes » architecturales, artistiques, culturelles, juridiques, politiques, qu'on doit préserver ou restaurer. Alors, la décision politique aura un rôle, alors le combat culturel sera utile.

Le christianisme doit s'assumer comme une identité, comme le font toutes les religions à travers le monde : islam, bouddhisme, hindouisme, etc. Spiritualité et identité, foi et culture, tout sera retrouvé ensemble. Tout sera donné de concert. Cette jeunesse qui renoue avec le catholicisme est une génération très identitaire. Face aux jeunes musulmans qui n'hésitent pas à clamer « Je suis musulman », ses membres se retrouvent confrontés à leurs propres racines chrétiennes ; tandis que l'indifférentisme religieux de leurs parents leur donne paradoxalement la possibilité d'une adhésion choisie, mûrie, personnelle.

Dans cette « guerre des civilisations » qui donne le *la* au XXIe siècle, chacune des civilisations doit se souvenir qu'elle est avant tout « ce qui s'agrège autour d'une religion », selon le mot célèbre de Malraux. Celle qui l'oublierait, celle qui négligerait de défendre farouchement la religion qui la fonde et la définit, causerait sa perte. Alors, comme l'avait prophétisé Bernanos, cette civilisation en crèverait.

Dans l'histoire tourmentée du XXe siècle, ni le communisme ni le nazisme ne sont parvenus à tuer le christianisme, alors même que ces deux systèmes totalitaires avaient mis des moyens colossaux au service de son éradication. À moins que l'Apocalypse ne soit proche – mais nul ne peut en prédire le lieu et l'heure –, l'islam ne réussira pas davantage à détruire le christianisme – en tout cas, c'est conforme à l'espérance chrétienne que de le penser. L'Europe survivra au péril que fait peser sur elle l'ombre de Mahomet si elle reste conforme à ce qu'elle est ; et seul le christianisme peut l'y aider, car lui seul se souvient de quoi elle est faite.

Une résurrection après une mort : c'est, après tout, le mystère de Pâques.

Table des matières

Composition et mise en pages
Nord Compo à Villeneuve-d'Ascq

Cet ouvrage a été imprimé sur Roto-Page
par l'Imprimerie Floch
à Mayenne

pour le compte des Éditions Fayard
13, rue du Montparnasse, 75006 Paris
info-fayard@editions-fayard.fr
en novembre 2025

PAPIER CERTIFIÉ

fayard s'engage pour l'environnement en réduisant l'empreinte carbone de ses livres. Celle de cet exemplaire est de :
200 g éq. CO_2
Rendez-vous sur www.fayard-durable.fr

N° éditeur : 49.6966.1/07 – N° d'impression : 108057
Imprimé en France